徳間文庫

第九号棟の仲間たち3

さびしい独裁者

赤川次郎

徳間書店

目次

プロローグ

「TV、消してよ」

というサユリの声は、音田《おんだ》の耳には入らなかったようだ。

「それ！　行け！」

ドーン、ダダダダ……。バーン、と派手な音がボリュームを上げたTVから聞こえて来る。

「ねえ、ちょっと」

と、サユリはもう一度言った。

「何だ？——何か言った？」

音田が、やっと振り向いたのは、サユリの声が聞こえたからというより、TVがCMになったからである。

「やれやれ。いいよなあ、向うの映画は。いくらでも本物の銃や火薬が使えるんだから。迫力が違う。いくら俺《おれ》たちが頑張ったって、オモチャのピストルでパーン、じゃ、調子狂っちゃうもんな」

　ＴＶドラマのディレクターをやっている音田は、マンションの床のカーペットに、あぐらをかいて、ウイスキーの水割りを飲みながらＴＶを見ていた。ＴＶは外国の戦争映画で、音田はこういう戦争アクションが大好きなのである。

「俺にだって、十億円の金と、向うのスタントの連中を使わせてくれたら……。絶対に世界的なヒットになるものを作ってやるのに」

　音田のこの話は、もうサユリには耳にタコのはずであった。何しろ映画、ＴＶ、どっちを見るにしても戦争かアクション、スパイもの……。

　その度に、同じセリフを口にしているのだから。

　しかし、サユリは、それを言ったのではなかった。いつもなら、

「また言ってんの、そんなこと」

　と、からかうように笑って、音田が、

「嘘《うそ》じゃないぞ！　俺の頭の中にゃ二、三十本分の映像がバッチリ仕上って詰ってるんだから」

　と、少しむきになって言い返す。

このパターンだったのだ。しかし、今は違っていた。

「TV、消してよ」

と、サユリは言ったのだった。

「何だって？」

面食らって、音田はベッドの方を振り返った。

こういう商売の人間によくある無精《ぶしょう》さで、音田のマンションでは、リビングルームにTVからベッドまで何でも置いてある。寝ながらTVを見ていられる、というわけだ。

音田は三十七歳だが、一度離婚して、以後はずっと独りだ。時々、若いタレントの女の子がガールフレンドになるが、そう長くは続かなかった。

音田が、一度の離婚でこりて、ベッタリした関係になるのを避けているからである。その代り、仲がこじれることもなく、「遊び」のままでやって来れた。

その中では、今、ベッドで寝ている双葉《ふたば》サユリは、比較的長く続いている方だった。

――何といっても、あっけらかんとして、少しもジメジメしていないところが、音田も気に入っている。

「TV、消して、って言ったのか？」

と、音田は訊《き》き返した。

「そう言ったでしょ」

サユリは、面倒くさそうに言って、引っくり返った。

「珍しいこと言うじゃないか。いつも番組終了のときに、もう終りなんて、って文句を言うくせに」

と、音田は笑った。

そう。――サユリはTVが大好き、というよりは、TVが空気か水のように、いつもそばにある、という世代の二十一歳である。

TVぬきの生活なんて、考えられない世代なのだ。ただ、サユリの場合は、それが嵩《こう》じて、TVに出る人間になりたいと思った。

「戦争ものはいやなの」

と、サユリが言った。

「いつも平気で見てるじゃないか」

「今は見たくないのよ」

珍しくサユリが尖《とが》った声を出す。音田は笑って、

「じゃ、見なきゃいいだろ。俺は好きなんだから、見る」

音田は誤解していた。サユリがごねているのは、てっきり、TVを見ていてなかなかベッドへ行ってやらないせいだと思っていたのだ。

「待ってろよ。——あと二十分ぐらいで終るから。そしたら、朝までゆっくり可愛《かわい》がってやる」

明日は急ぎの仕事もないし、と音田は思った。サユリだって、一応タレントだが、そう売れているわけじゃない。

もっとも、あまり有名になったら、それこそ週刊誌やTVがうるさいから、こうして気楽に付き合ってもいられなくなるだろう。

その点でも、サユリはちょうどいい相手だった。

——TVでは、また映画が始まっていた。

「行け！——ぶっ殺せ！」

アルコールが入っているせいもあって、音田は、拳《こぶし》を振り回して、なぜか絶対に弾丸の当らないヒーローを応援していた。

機関銃がはためき、手榴弾《てりゅうだん》が炸裂《さくれつ》し、炎が上がる。——音田は、こういうのを見ると、胸がスッとするのだった。

まあ、ディレクターとしては、音田も中堅どころで、そう大物というわけでもない。

当然、プロデューサー、役者の間で色々ストレスのたまることも多いのである。その解消が、二十インチのブラウン管のドンパチでできるなら、安いものかもしれなかった。

ドン、と床を叩《たた》く音で、ふと振り返って、音田はびっくりした。サユリが、もう服を着てしまっている。

「何だおい、帰るのか?」

サユリは黙って、長い髪を手でかき上げると、バッグを拾った。

「怒ったのか?――何だよ、おい」

TVの方にも未練は残ったが、渋々《しぶしぶ》音田は立ち上った。

「いいのよ。TV、見てれば?」

と、玄関の方へ歩き出すサユリを、音田はあわててつかまえた。

「おい、どうしたんだよ。お前らしくないぞ。一体――」

「放《ほ》っといて。帰りたいのよ」

と、サユリは言った。

「そう怒ることはないじゃないか。いつもだって、TVを見てから寝てるのに」

「怒ってないわ」

「じゃどうして——」

「その気になれないの。帰るわ」

サユリは、無表情に言った。

「だけど——」

勝手なもので、いざとなるとこっちも惜しくなる。「機嫌直せよ、おい」

「お願いだから放っといて」

サユリは音田の手を振り払いはしなかったが、キュッと身を固くした。音田も諦《あきら》めて、手を放す。

サユリは玄関へ出て靴をはいた。

「——何かあったのか？」

と、音田が、少し酔いもさめた様子で、言った。

サユリは、答えずに玄関のドアを開けようとして、ふと振り向くと、

「ねえ、考えたこと、ある？」

と言った。

「え？」

「銃で撃たれたら、どんなに痛いかってこと」

音田がポカンとしているのを尻目《しりめ》に、サユリは出て行って、ドアがバタンと音を立てて、閉じた。

「——馬鹿《ばか》なこと、しちゃった」

と、外へ出ると、サユリは呟《つぶや》いた。

時刻は二時。——もちろん夜中の二時だ。

もう、バスや電車もない。タクシーで帰るには、サユリのアパートは大分あるのだ。音田のマンションからだと、明日、TV局へ顔を出すのにも、ほんの十五分ほどで行けるし、たいていは音田が車で送ってくれたから、大いに安上りでもあった。

局の人たちだって、サユリと音田が「親しい」ことはみんな知っているから、送ってもらっても、少しも具合の悪いことはないのだ。それがニュースになるほど、サユリは大物じゃなかった。

「——どうしようかな」

秋の、歩いてもそう辛《つら》くない夜だからまだよかった。これが真冬か何かだったら……。

今日は音田の所に行くと分っていたので、そうお金も持って来ていない。まあ、タクシー代ぐらいは何とか足りるだろう。

でも――深夜料金のタクシーでアパートまで帰るのなら、どこか都心のビジネスホテルに泊った方が、ずっと安く上るのだ。

ただ、問題は、明日、一旦《いったん》アパートへ戻ってからでないと、仕事に出られない、ということである。

サユリも一応はタレントだ。どんな格好でもいいというわけにはいかない。それも、付き人やマネージャーがついて、専用車で駆け回るほどのスターとは、わけが違う。

ちょっと後悔した。――あんな風に出て来てしまって、音田はさぞプライドを傷つけられているだろう。

なに、音田の方は、もっといつも自分勝手に女と付き合っているのだが、男にはそうする権利があって、女にはそうされても黙っている義務がある、ぐらいに考えているのだ。まるで女にプライドなんてものがあるわけはない、とでもいうように……。

でも、今夜サユリが音田のマンションを出て来たのは、プライドを傷つけられたからではなかった。本当に、音田の見ていたTVの音に堪えられなかったのである。

あんな音じゃなかったわ、とサユリは思った。そう。――機関銃の音だって、もっと、素気《そっけ》なく乾いて、トントントン……と短い、「迫力がある」とか、「カッコイイ」などというところの少しもない、つまらない音なんだ。そのつまらない音の一つ一つが、でも、人の胸板を貫き、頭を砕くのだから……。

サユリは頭を振った。――忘れるんだ!

忘れることにしたのに。

でも――でも、とても忘れることなんか、できはしない。

いくらサユリが、他人のことに無関心だとしても……。

夜道を、ただ歩いていた。――どこへ行くのか、どうするのか、決めかねているままに。

一人の男とすれ違った。

何だろう? いやに昔風のスタイルで、ステッキなんか突いている。まだ若い男らしく、足取りも軽い。ダンサーか何かかしら?

あんな「旧式なキザ」、きっとそういう関係の人なんだわ。

しかも、すれ違うときに、にこやかに微笑して、会釈《えしゃく》して行った。――それこそ妙な話だ。まるで知らない顔なのに。

それとも、TVでサユリの顔を見ていたのだろうか? でも、そんな目つきでもなかったような……。

ただ、いかにも人は良さそうで、少しサユリも気持が軽くなったくらいだ。

「やっぱりアパートに帰ろう」

と、呟く。

のんびりと、手足を伸して寝られるのは、自分のアパートぐらいのものだから……。

「すみません」

と、声をかけられて、足を止める。

「私ですか」

と、振り向くと、中年の、穏やかな笑顔の紳士だった。

「双葉サユリさんでは？」

「ええ……。よくご存知ですね」

「いや、ＴＶで拝見していますよ」

「そうですか。――どうも」

サユリがこんな風に声をかけられることは珍しい。やはり、嬉《うれ》しいものである。

「娘があなたのファンでして。――サインしていただけるかな？」

「まあ、ファンだなんて……」

サユリは、少し頬《ほお》を赤くして、「サインぐらい、いつでも――」

「では、これにお願いします」

その紳士は、手帳を開いて、白いページを出し、ポケットから、ボールペンを取り出した。

「私のサインなんて……。まだ、ちゃんとしたサイン、できないんですよ」

ちょっと胸をワクワクさせながら、〈双葉サユリ〉と、できるだけサインらしい字で書いた。人気が出て来ると、サッと一筆で書けるようなサインを、誰《だれ》かが考えてくれるのだが、サユリはまだまだその必要がない。

「じゃ、こんなもので――」

と、少々照れながら、手帳を閉じる。

「ありがとう」

と、紳士が礼を言った。「娘が喜ぶでしょう」

「そうですか」

「あなたの生涯最後のサインと分ればね」

「――え？」

戸惑ったサユリの目の前に、スッと拳銃《けんじゅう》の冷たい銃口が現われた。

「あの――」

「お気の毒だが」

引金が引かれるより、何分の一秒か早く、ヒュッと風を切る音がしたと思うと、アッと叫んで、その紳士が拳銃を取り落とした。手から血が流れ出している。

「いけませんな。無抵抗の若い女性を殺すとは」

びっくりして振り向くと、さっきの、ステッキを突いた妙な男が立っている。

紳士が（本当は紳士なんかじゃなかったわけだが）、拳銃を拾おうとかがんで左手をのばすと、またヒュッという音がした。銀色の筋が、宙を走った。

「ウッ！」

と、今度は左腕を切られて、よろける。

仕込《しこ》み杖《づえ》！――サユリは、銀色の剣を手にしたその若い男を、信じられない思いで眺めた。

「まだやるかね？」

若い男がそう言うと、紳士は素早く駆け出して、夜の中へ消えた。

「やれやれ」

と、若い男が剣を器用に操ると、落ちていた拳銃が、ポンと宙へはね上って、その手にストンとおさまっていた。

同時に、剣はステッキの中に、元の通りに消えている。

「物騒な世の中だ。――おけがは？」

「いえ……」

そう言ってから、やっと、サユリは自分が殺されそうになったのだということが、分って来た。

「あの……ありがとうございました」

と言いながら、どっと汗がふき出して来る。

「いやいや。礼には及びません。若い女性の危機を救うのは、私めの使命ですからな」

と、いやに気取った調子で言うと、「しかし、こんな銃を使うところを見ると、相手はプロだ。――あなたはどこかの姫君かな？」

「姫君？　まさか！　私――タレントです。TVなんかに出てるの」

と、汗を拭《ぬぐ》って、サユリは言った。「まだ大して出てないけど……」

「なるほど。すると、なぜ命を狙《ねら》われるか、覚えがない？」

「それは――」

と、サユリがためらったのを見て、

「ないこともないが、他人に話すことでもない、と。――いや、結構。こちらもただ、危い目に遭う女性を救ったというだけで、その事情まで、しつこく訊くつもりはありません」

「すみません……。ちょっとわけがあって」

と、サユリは目を伏せた。

「ま、充分に用心されるように。――では、私はこれで」

と、若い男は会釈をして、行きかけたが、ふと足を止めて、「もし、誰かに相談したいという気持になったときは、鈴本芳子という女性を訪ねておいでなさい」

「鈴本……」

「芳子。『芳《かんば》しい』と書きます。私もやっと漢字というやつを憶《おぼ》えた。フランス語とはあまりに違うので、大変ですよ」

「はあ……」

と、サユリは、やっと少し落ちついて来て、「あの――あなたのお名前は？」

「私ですか。私は――」

と、男はクルリとステッキを回して見せて、「ダルタニアンと申します。では失礼」

風のように――というと、何だか安っぽいTVドラマだが、本当に軽やかな足取りで、ほとんど足音もたてずに、その男は去って行った。

「ダル……?」

サユリは、首をかしげた。「何だっけ。ダルダルダ?——ちょっと違ったかなあ」

まあ、サユリに「三銃士」を知っていることを期待するのは、やはり間違いであろう。

「でも……」

ふと、足下に目をやって、自分を殺そうとした男の手から落ちた血が点々と散っているのを見ると、サユリはゾッとした。

殺しに来たのだ……。どうしよう?

向うは私の名も、仕事も知っている。今日は助かったけど、もしまたやって来たら……。

サユリは、タクシーがやって来るのに目を止めると、ためらわずに手を上げて停《と》めた。お金のことなんか、いっていられない!

アパートへの道を説明し、座席に落ちつくと、サユリは、ホッと息をついた。

どうして——どうして放っておいてくれないんだろう?

何もかも忘れようと思っているのに。誰も、しゃべっていないじゃないの。それなのに……。

私はただのタレントよ。——どうってことのない、パッとしないタレントに過ぎない。それなのに……。

サユリは、ふと、あの「ダル何とか」という男の言った名前を、思い出した。

鈴本芳子という名……。その名ははっきりと憶えていたのだ。

1 抹殺

広々とした居間へ入って行って、私は少々戸惑った。

TVが点《つ》いている。――いや、TVは点けたり消したりするものだから、点いていたって不思議はないが、ただ、この屋敷で働いている大川一江が、一心にTVに見入っているというのが、至って珍しい光景だったからである。

しかも、何を見ているのかと思うと、どうやら、よくある午後のワイドショーで、誰《だれ》やら、人気の盛りを過ぎた歌手の結婚式の話題なのである。およそ大川一江がこんなものに熱中して見入るタイプでないのは、よく分っている。

「一江さん」

と、声をかけると、

「お嬢様！　お帰りなさい」

と、あわてて立ち上る。「すみません、気が付かなくて――」

「いいのよ。ただ、面白いもの見てるな、と思って」

私はTVを眺めて、「ファンなの？」

と訊《き》いた。

「いいえ、別に」

「見てていいわよ。見たいんでしょ？　気にしないで」

「すみません」

一江は照れたように少し頰《ほお》を赤らめて、「この歌手、私が昔、憧《あこが》れてた高校の先輩なんですよね」

「へえ。じゃ、まだ若いのね」

「ええ。二十二か三じゃないでしょうか。もう二回目の結婚ですけど」

「へえ」

いやに老けた二十二、三だ。

私はまだ二十歳《はたち》。――といって、いばっているわけじゃない。ただ、鈴本家の当主として、莫大《ばくだい》な遺産とこの屋敷を相続したとはいえ、二十歳の娘としての気持も持ち続けている、と言いたいのである。

その点は大川一江も同じことだ。

「生活が乱れてるんだわ、きっと」

と、一江が、顔を曇らせて、「こんなに疲れた顔してる」

そう。その点は私も同感だった。

——私は、鈴本芳子。

この広大な屋敷と、財産を相続したからといって、のんびり遊び暮しているわけではない。もちろん、そうしようと思えばできないわけではないのだが、今、私が送っている生活は、普通の人にはちょっと想像もつかないような刺激的なものである。

この屋敷の他に、いくつかの別荘も持っているが、一風変った別荘——ある精神科病院の第九号棟が、私の第二の住いなのだ。

親類の陰謀で、一度入ったら二度と出て来られないというその第九号棟へ入れられたのだが……。まあ、その辺の事情は、読者の方も既にご存知だろう。

今、私は第九号棟の良き仲間たち、シャーロック・ホームズ氏や、剣豪ダルタニアン、そして外界との連絡通路を掘り上げている、エドモン・ダンテスなどの力を借りて、故なくして命を狙《ねら》われたり、罠《わな》にはめられたりした人たちを助けるべく、私設の「探偵業」を開いているのである。

第九号棟の仲間たちさえいれば、実際、何も怖いことはない。名探偵と最強のボディガード、それに加えて、変装の名人、アルセーヌ・ルパンを始め、戦争となればナポレオンだって揃《そろ》っているのだ！

え？――では私は何をするのか、っていうんですか？

私は――ヒロインである！

「あれ、何してるの？」

と、私はＴＶを見ながら言った。

「レポーターのインタビューですね」

「へえ……」

それぐらいのことは見りゃ分りそうなものだが、つい訊いてしまったのは、その年齢《とし》の割には老けた男の歌手を取り囲み、マイクを突きつけている男女の口調が、まるで犯罪者を訊問《じんもん》しているみたいだったからだ。

「彼女に対して何かおっしゃりたいことはないですか？」

「社会的責任をどう考えておられますか」

「彼女の母親が、訴えてもいいと話しているのを、どう思いますか」

……という具合。

結婚の祝いの言葉とは、とても思えない。

「あの人、ずっと噂《うわさ》になってる恋人がいたんです」

と、一江が言った。「子供までできたらしいんですけど。でも、結局、その人を捨てて今の人と結婚したんで、色々言われてるんですよ」

「へえ。でも、結婚式のときに、そんなことを訊くのも可哀《かわい》そうみたい」

実際、質問に、

「いや――全く、申し訳のないことで」

と、額にしわ寄せて答えるその歌手の顔を見ていると、結婚式というよりお葬式の席のようだった……。

「あら、あの人は――」

と、一江が言った。

「誰?」

「今、質問している女の子。双葉サユリだわ」

「誰だったかしら」

「ほら、この間、ダルタニアンさんが、命を狙われてるのを助けたといってた――」

「あ、そうだったわね」

しかし、こういうときにマイクを持って、訊く役をつとめているというのだから、それほど有名なタレントというわけでもないのだろう。

双葉サユリの訊き方は、しかし、他のインタビュアーに比べると、穏やかで、好感の持てるものだった。

「じゃ、後の予定がありますので、これで――」

と、少しホッとした様子で、その歌手が腰を上げたとき、双葉サユリという女の子は、

「どうぞお幸せに」

と言った。

歌手が、笑顔になった。――営業用の、作り笑いではない。本当に嬉《うれ》しそうな笑顔だった。

私は、双葉サユリという子が、なかなか気に入った。

「どうも――どうも」

と、歌手が歩き出したときだった。

ちょうど行手《ゆくて》を遮《さえぎ》る格好で立っていた双葉サユリが、道をあけようとして、わきへさっとどいた。突然、パン、と弾《はじ》けるような音がして、歌手が、胸を押えた。

「――撃たれた！」

と、一江が腰を浮かした。

私にも分っていた。あれは銃声だ。

歌手が胸を押えて崩れ落ちる。――大混乱になるまで、何秒か、麻痺《まひ》したような沈黙があった。

誰もが、一瞬、何かの冗談か、仕組まれた演出だと思ったらしい。騒ぎが始まっても、まだポカンと突っ立っていたり、笑顔のままキョロキョロしている者もある。

しかし、確かに、人が撃たれたことが分ると、後は大混乱になった。カメラが揺れ、何が映っているのか分らなくなる。

スタジオにカメラが切りかわったが、司会者も呆然《ぼうぜん》として、

「何があったんでしょう？　何か――牧野進さんが――倒れたようです。後ほど、詳しい情報が入りしだい、お伝えしますが……。どうしたんでしょう」

途方に暮れた司会者の顔から、画面は唐突《とうとつ》にＣＭに変った。

「牧野進っていうの」

私は初めて、あの歌手の名前を知った。

「ええ。――本名です」

一江が肯《うなず》いて、「でも、なぜ……。撃たれるなんて」

「そうね」

「やっぱり恋人でしょうか？　恨んで撃ったのかしら」

「あの音は、たぶん拳銃《けんじゅう》よ」

と、私は言った。「普通の人には、とても手に入らないと思うわ」

「じゃ、何か他の理由が？」

私は、あの牧野進が撃たれて、崩れるように倒れたとき、画面の隅の方に、カメラの方を向いて立っていた、双葉サユリを見ていたのである。

「双葉サユリ」

と、私は言った。

「え？」

「今、見てたでしょ？　あの女の子が、ちょうど牧野進の正面に立っていて、邪魔になるからってパッとどいたわ。そこを撃たれた」

一江にも分ったらしい。

「じゃ……。本当は双葉サユリが狙われたんですか」

「その方が理屈に合うと思わない？」

「そうですね。でも――どうして双葉サユリが。悪いけど、有名なスターってわけじゃないのに」

と、一江は首をかしげている。

二度も狙われるというのは、何かよほどのわけがあるのだろう。

「ダルタニアンが私の名前を教えておいたらしいから、その内、ここを訪ねて来るかもしれないわ」

「そうですな」

と、急に後ろで声がして、私はびっくりした。

「ホームズさん！　いついらしたの？」

パイプをくわえた、英国紳士といういでたちのホームズ氏（もちろん第九号棟の、である）が、いつもながらの温い笑顔で立っている。

「失礼。ＴＶを見ておられたので、声をかけるのも失礼かと思いましてね」

「まあ、他人行儀なこと、おっしゃって」

と、私は微笑《ほほえ》んだ。「一江さん――」

「はい。すぐ紅茶をおいれしますわ」

と、一江がＴＶを消すと、足早に居間から出て行った。

「――今の、ご覧になった？」

と、ソファに座って、私は言った。

ホームズ氏は肯いて、

「あなたの考えは正しい。狙われたのは、あの娘ですよ」

と言った。「そして当人もそれを知っている。怯《おび》えた表情でしたからね」

「不思議ね。――何か暴力団でも絡《から》んでいるのかしら?」

「ああいう世界は、その筋とつながりがあるようですな。しかし、拳銃で、ああもみごとに狙撃《そげき》するというのは、どうもその筋とも少し違うような気がする」

「それもそうね。大体、あんなに人だかりの真中で撃つなんて」

「よほど腕に覚えのある人間でなくてはできないことです。職業的な殺人者ではありませんかね」

「まさか、彼女がサッとわきへよけるとは思ってもいなかった……」

「あの娘、また狙われることになるかもしれない」

と、ホームズ氏は、深刻な様子で言った。

「その前にここへ来てくれるといいけど」

と私が言うと、ホームズ氏は、ちょっと笑みを浮かべて、

「お節介な奴《やつ》が、連れて来るかもしれませんよ」

と言った。

「何だ？——休みたいって？」

ふざけるな、という調子が、その口調にははっきり出ていた。

「ええ……。少し、でいいんですけど」

と、双葉サユリは、気弱な声で言った。

「体の具合でも悪いのか」

と、社長は言った。

でっぷりと太って、椅子《いす》をミシミシいわせている、プロダクションの社長、松永は、もともとヤクザ上りである。ジロッとにらまれると、サユリなどは震え上ってしまう。

「少し——疲れてるんです」

と、目を伏せながら言う。

「ほう。疲れてる、か。——立ってるじゃないか。疲れてる、なんてセリフはな、倒れてから言え」

サユリは黙ってうつむいた。こう言われるのは分っていたのだ。

「タレントになるなら、それぐらいは当り前だ。お前みたいに、やっと少し顔が売れて来たのが、休んでみろ。たちまち忘れられるぞ」

「ええ……」

「今持ってるレギュラーの仕事だって、すぐ代りが見付かる。四十度の熱があっても、絶対休まずに頑張って、レギュラーの座を守っていられるんだぞ。分ってるのか」

「はい」

「それでも休むというのなら――」

「いえ」

と、サユリは首を振った。「頑張ります」

「よし」

と、松永は肯いた。

「失礼しました」

サユリが社長室を出て行こうとすると、

「おい、サユリ」

と、松永が呼び止めた。

「はい」

「レコードの話な、来月あたりには本決りになりそうだぞ」

サユリの顔が輝いた。

「本当ですか！」

「ああ。ちゃんとレッスンしとけよ」

「はい！」

サユリはペコンと頭を下げて、社長室を出て行った。

「――世話のやける奴だ」

と、松永は呟《つぶや》いた。

しかし、サユリにはスターの素質がある、と思っていた。だから手放したくはないのである。それに、ディレクターの音田と関係があることも知っていたから、何かのときには便利かもしれない、と思っていた。

レコードデビューか。――十枚しか売れなくてもデビューしたには違いない。

そのエサでつっておけば、当分は逃げ出さないだろう。

それに――いくらかは、松永も、女としてのサユリに興味があったのだ。

汚ない机の上の電話が鳴った。

「うるせえな」

と、文句を言いながら、受話器を取る。「松永です」

向うの声を聞いた松永が、雷に打たれたみたいに、パッと座り直す。

「こ、これはどうも――ごぶさたしております！――はあ、おかげさまで。――は？」

松永は、閉ったドアの方へ目をやった。「双葉サユリですか。ええ、うちのタレントですが……。あいつが何かご迷惑をかけるようなことでも、しましたか」

松永は、面食らった様子で、相手の話を聞いていた……。


「――ごめん、待たせて」

サユリは、プロダクションの入ったボロビルから、すぐ目と鼻の先の喫茶店に入ると、少し息を弾《はず》ませて、席についた。

「どうだった？」

と、顔を上げたのは、若い、長髪の男で、どことなくくたびれた様子である。

「だめだわ」

と、サユリは首を振った。「分ってたんだけどね。――あ、ミルクティー下さい」

「そうか……」

「神原《かんばら》君、どうする？」

神原は、腕組みをして、考え込んだ。——神原は下請けプロの助手である。要するに、使い走りだ。十九という若さがなくては、とてもつとまらない。

「そうだなあ……。サユリちゃん、どうしてもだめなのか」

「うん。——私だって、怖いけど……。でも、今抜けたら、もうこの世界じゃおしまいよ。それもいやだし。せっかくここまで来たんだもの」

「殺されたら、それこそおしまいじゃないか」

「しっ!」

と、サユリはあわてて抑えた。「大きな声で、そんなこと……」

「ごめん。でも——心配だよ」

「ありがとう。気持は嬉しいけどね」

と、サユリは微笑んだ。

「——警察へ行けば?」

「だめよ」

サユリは首を振った。「うちの社長、警察が大嫌いなの、知ってるでしょ」

「うん……」

神原は、ため息をついた。「とんでもないことになったなあ」

「本当ね。私たちのせいじゃないのに……」

——二人は、少し黙っていた。

「間違いないの?」

と、神原は言った。

「私のこと、わざわざプロを雇って消したがる物好き、いないわよ」

「そうだな。——牧野進も?」

「気の毒しちゃった。私がやられるはずだったのよ」

ミルクティーが来ると、サユリは、うんと砂糖を入れた。

「控えてたんじゃないの」

と、神原がそれを見て言った。

「どうせ死ぬなら、好きなことやってからにしたいもの」

「そんな縁起でもないこと——」

「そうね。ごめん」

と、サユリは言った。「他の人たち、連絡ついた?」

「いや、みんな出てるんだ。一応、電話くれ、とは言っといたけど」

「五人のスタッフ……。みんな危険はあるわけだから」

「うん。――困ったな」

神原は、またため息をついた。

「あなた、田舎へ帰れば？　ちゃんとお仕事あるんでしょ？」

「そりゃ、帰れば親父《おやじ》は喜ぶさ」

「いいじゃないの。帰れる所があるんだもの。――私は、行く所なんてない」

サユリの父はアルコール依存症で入院している。退院の見込みはないようだった。

母は――といっても本当の母親ではないが――男を連れ込んで、暮している。サユリが家を出るときも、止めようともしなかった。

休みが取れたとしても、サユリには、行く所もないのだ。

「――サユリさんって、あなた？」

と、店のウエイトレスが呼んだ。

「はい」

「お電話」

「すみません」

急いで立って行くと、受話器を受け取る。

「もしもし、双葉サユリです」

「無事かい？　大崎だよ」

「大崎さん！　良かった。連絡を取りたかったんです」

「分ってる」

と、いつも通りの、落ちついた声が言った。「今夜、ホテルPの部屋を僕の名で取ってある。来られるかい？」

「え？」

「あのときの五人、集まって、相談したいと思うんだ」

「分りました。私もそう思ってて——」

「牧野君がやられたけど、あれも……」

「私の代りに。——誰もそう思ってませんけど」

「そうだと思ったよ」

「今、神原君と一緒なんです」

「そうか。良かった。捜してたんだよ。じゃ二人で来てくれ。その方が安全だと思うし」

「はい。今からでも？」

「うん。ルームサービスで、飯でも食おう。腹が減っては戦《いくさ》ができぬ、って言うからね」

「すぐ行きます」

「ルームナンバーは二〇二三だ。二〇階だよ」

「分りました。——大崎さんの声聞いて、ホッとしました」

と、サユリは言った。

「充分に用心するんだよ」

と、大崎は言った。「決して一人で出歩かないことだ。できるだけ大勢で、くっついて歩くようにしなさい。迷惑がられても、死ぬよりましだ」

「分りました。大崎さんも気を付けて」

「ありがとう。じゃ、待ってるよ」

電話を切って、サユリはふと、大崎さん、どうして私がここにいるのを知ってたのかしら、と思った。しかし、そう不思議でもない。サユリの所属しているプロダクションの事務所からすぐ近くで、打ち合せには、たいていこの店を使っているから、大崎も何度かここに来ているはずだ。

「——大崎さんよ」

と、席に戻って、サユリは言った。「ホテルで待ってるって。五人揃うわ」

「何だ、僕が苦労することなかったんだな」

神原がホッとしたように言った。

「そりゃ、大崎さんの方が顔も広いから、連絡つけやすいわよ」

サユリは、大崎の電話で、すっかり気が楽になっていた。「——ね、じゃ出ようよ」

「うん」

「食事も一緒に取ろうって」

「やった！」

神原がパチンと指を鳴らした。——命を狙われるかもしれないってことより、晩飯代が浮くことの方が、現実的なのである……。

2 対決

「まあ、焦ってみても、どうなるものじゃない」

と、大崎が言った。「冷静に、対策を講じるしかないよ」

「呑気《のんき》だな、君は」

と、苛立《いらだ》ちを隠し切れずに、神経質に指先でテーブルを叩《たた》いているのは、プロデューサーの二本木《にほんぎ》である。「私は、こんなことで殺されるのはごめんだ」

「そりゃ誰《だれ》だってそうさ」

大崎は、ゆっくりとソファに寛《くつろ》いだ。「だからこそ、こうして集まったんじゃないか。──そうだ。人間、腹が空《す》くと苛々する。サユリ君、ルームサービスを頼んでくれないか」

「はい」

サユリは、ルームサービスのメニューを広げた。「皆さん、何にします？」

「僕はご飯でないと明日までもたない」

と、神原が言った。「カレーの大盛り」

「神原君、大盛りなんてないわよ、ホテルに」

と、サユリは笑いながら言った。

「そうか。じゃ、カレーとチャーハン」

「両方食べるの？――若いのねえ」

サユリは、メモ用紙に書き取った。「二本木さんは？」

プロデューサーの二本木は、のんびり飯なんか食ってる場合か、とでも言いたげに渋い顔をした。しかし、大体、いつも渋い顔をしているのだ。

「じゃ、ハンバーグにしよう。ライスつきで」

「はい。――大崎さんは何にします？」

「みんな遠慮がちだなあ。僕はステーキ。ミディアム・レアにしてくれ」

「はい。――パンかライスは？」

「パンだ。それにワインをもらおう」

大崎は、二本木よりずっと若い。二本木が局のプロデューサーとしてかなり長くやって来て、もう五十にはなっていると思えるのに比べ、大崎はやっと四十。上背《うわぜい》もあって、がっしりした体格。ちょっと日本人離れしている。

ドキュメンタリーのカメラマンとして、このところ極めて多忙な存在である。

押出しの強さ、というのか、声も大きく、張りがあって、何か議論になっても、たいてい大崎が言い出すと、それが通ってしまう。といって、決して無茶を言うのではなく、朗《ほが》らかで、ユーモアがあり、女性をひきつけるものを、いくつもそなえていた。

そのせいか、恋人の噂《うわさ》には事欠かないが、まだ独身である。

「おい、君は何にする？」

と、大崎が声をかけたのは、一人で、少し離れてベッドに腰をかけていた若い男である。

「ええ……。何でもいいです」

と、あまり気のない様子で答える。

「何か言わなくちゃ、頼めないよ」

と、大崎が苦笑する。

「じゃ――僕もカレーで」

「おい、昼も君はカレーを食ってたんじゃないのか？」

「簡単なもんですから」

「何か他のものにしてくれよ。見ている方が気分悪くなっちまう」

「じゃ、チャーハン」

「あまり変り映えしないな。――ま、いいだろう。サユリちゃん、頼むよ」

「はい」

サユリは、ベッドのわきの電話で、ルームサービスの番号へかけた。自分はスパゲッティを注文することにした。

――大崎に言われて、カレーをチャーハンに変えたのは、大崎の助手の水島市郎である。

無口で、何となく陰気くさいところはあるが、もう大崎の下で、三年近く働いていて、どんなに苦労の多い撮影でも、文句一つ言わず、黙々と働く。

話が上手《うま》くて、いやでも目立つボスの大崎とは対照的な若者だが、却《かえ》っていいコンビなのかもしれない。

いや、若者といっても、一体いくつなのか、サユリは知らない。二十歳と言われれば、へえ、と思うだろうし、三十と言われても、たいして驚くまい。

よく年齢の分らない顔をしているのである。

ともかくこの五人――カメラマンの大崎と、その助手の水島、プロデューサーの二本木、助手の神原、そして双葉サユリ。

他の四人も、サユリと同様に、狙《ねら》われる可能性があるのだ。いや、もちろん、サユリが狙われた「理由」が、想像通りのものだとして、の話だが。

「――確かなことは、サユリ君が殺されかけたということだ」

と、大崎が口を切った。「おそらく、撃たれた牧野進も、実際はサユリ君を狙った弾丸に当ったんだと思われる。TVでは、あれこれ女性関係を洗い出しているが」

「牧野さん、気の毒だわ」

と、サユリは言った。

「仕方ない。君のせいじゃないんだから」

と、大崎は慰めた。「他に、狙われた者はいるか?」

他の三人が顔を見合わせた。

「たぶん……」

と、二本木が、ためらいがちな声で言った。

「あれがそうだったんじゃないかな。三日前に、局から出ようとして、あやうく車にはねられるところだった」

「よく逃げられましたね」

と、神原が言うと、二本木は、ちょっとムッとしたように、

「太ってるから、動けない、って言うのか」

「いや、そんな意味で言ったんじゃありませんよ」

と、神原は、あわてて言った。

「ともかく、真直《まっす》ぐ私の方へ突っ込んで来たんだ」

と、二本木は言った。「よけようとして、転んじまった。それで却って助かったんだよ」

「なるほど。車を見ましたか」

と、大崎が訊《き》く。

「いいや。そんな余裕はなかったし、夜だったからね」

「警察には？」

「届けていないよ。――殺されそうになったと言ったって、誰も信じちゃくれまい」

「でも、だからといって、おとなしく黙ってるんですか？」

と、神原が言った。

「何か対策を講じる必要はあるよ」

と、大崎が穏やかに、「そのためにここへ集まったわけだからね」

しばらく、誰も口を開かなかった。

「——こんなことになるなんて」

と、サユリは思わず言った。

「問題は、どういう対策が可能かってことだ」

と、大崎が言った。「警察へ、保護を願い出ることも、できないことはない。ただ、その場合は、我々がなぜ狙われているのか、理由を説明する必要がある」

「しゃべればいいんですよ」

と、神原が言った。「僕はそう思うな。何も黙ってることはない。黙ってたって狙われるんだから」

「しかし、信じてくれるかね」

と、二本木が水をさす。

「五人も目撃者がいるんだ。大丈夫ですよ」

「しかし、向うの政府が、事実とは認めないだろう」

と、大崎は言った。「私も、いくらか当ってみたが、あの国の高官とつながりの深い大臣が何人もいる。日本の政府も、まずそんなことは認めないだろう。今の政権は日本に友好的だ」

「だからって、人を殺していいんですか」

「神原君」

と、サユリがなだめる。「大崎さんにかみついても仕方ないわよ」

「うん……分ってるけど」

「いや、神原君の言う通りだよ」

と、大崎が言った。「本当なら、あんなことは、どんどん世論やマスコミに訴えて、糾弾《きゅうだん》しなくてはならない。若い人が怒りを覚えるのは当然だ。そうでなくちゃ困る。しかし、現実にはね……」

「ばらしたはいいが、殺されちまったんじゃ元も子もなくなる」

と、二本木が言った。

「大体、我々の証言といっても、証拠写真の一枚もあるわけじゃないんだ。果して、マスコミが取り上げてくれるかどうか」

大崎の言葉に、サユリは、ちょっと皮肉《ひにく》なものを感じた。自分たちは、他《ほか》ならぬ、そのマスコミで働いているのではないか。

「今のＴＶ局じゃ、とても無理だ」

と、二本木は肩をすくめた。「そんな話を取り上げちゃくれんよ」

「じゃ、どうすりゃいいんです」

と、神原が、少々投げやりな調子で言った。

「まず、向うの出方を確かめることだと思うね」

と、大崎は答えた。

「出方ははっきりしてますよ。現に、サユリ君は狙われた」

「私もだ」

と、二本木が強調する。

「しかし、やったのは日本人だよ。サユリ君を殺そうとしたのも、日本人だ。つまり、金で雇われた連中だろう」

と、大崎が言った。「だから、こっちが、向うの政権にとって、具合の悪いことはしゃべらない、と分れば、手出しはして来ないんじゃないかな」

「でも——」

と、神原が不満そうなのを抑えて、

「まあ、待ちなさい。ここは日本だ。連中も、我々の口はふさぎたいだろうが、しかし、日本で人を殺すというのは、容易なことじゃない。犯人が捕まれば、そこから、その政権の足下《あしもと》に火がつくことも考えられる。——あっちにとっても、我々を殺すのは危い賭《か》けだよ」

その点は、他の面々にも肯《うなず》けるようだった。ただ、大崎の助手の水島は、話を聞いているのかどうか、半ば目をつぶって、眠っているようにも見えた。

「必要なのは、何とかして向うの政権の高官に会って話をつけることだ」

と、大崎は言った。「今、何かルートがないかと思って、捜しているところなんだよ」

サユリにも、大崎の言うことはよく分ったし、理屈はその通りだと思った。

しかし、現実に、目の前に銃口をつきつけられた身になってみれば、そんな呑気なことを言っていられる気分でないというのも事実だ。

「どうだろう」

と、大崎が言った。「ここは一つ、僕に任《まか》せてくれないか。僕は親戚《しんせき》に政治家がいてね」

サユリには初耳だった。他の三人も、意外そうな表情を見せている。

「たぶん、四、五日の内には、何とか話が通せると思う」

大崎の言葉は、どことなく説得力がある。

――誰もすぐには何も言い出さなかった。

「その間にやられたら？」

と、二本木が言った。

「その間は、各自用心するしかない」

と、大崎は答えた。「サユリ君にも言ったんだが、できるだけ一人にならないことだ。大勢と一緒に行動する。泊る場所を変えるのもいいかもしれない」

「どうせ同じ所には、めったにいませんよ」

と、神原が言ったので、みんな笑った。

初めの重苦しい気分が、少し軽くなったようだ。大崎の言葉のせいだろう。

「それに、向うは、一度だけでなく、二度もしくじっている。いや、二本木さんを含めると三回か」

「払いをケチったんじゃないのか」

と、二本木も、冗談を言う気分にはなったようだ。

「しかも、間違って、牧野進を殺すというへまをやった。――少し時間を置くんじゃないかと僕は見ているんだ」

「そうなってくれるといいがね」

と、二本木はタバコに火を点《つ》けた。

——少し、雑談をしていると、ドアがノックされた。

「ルームサービスでございます」

という声。

「私、開けます」

と、サユリが立ち上る。

「いや、待って」

大崎が止めた。「用心に越したことはない。僕が出よう」

ドアの覗《のぞ》き穴《あな》から外を見て、大崎はドアを開けた。「——ご苦労さん。中へ入れてくれ」

「失礼いたします」

ボーイが、料理をのせたワゴンを押して入って来る。大崎が、ドアを押えてやっていた。

「——ありがとう。僕がサインする」

大崎は伝票にサインして、ボーイに渡した。

ボーイが出て行くと、

「さあ、食べるぞ！」

と、神原がポキッと指を鳴らしたので、みんなが一斉に笑った……。

しかし、五人が一部屋の中で食べるのだから、かなり窮屈で、サユリはベッドに腰かけ、スパゲッティの皿を膝《ひざ》にのせて、食べることにした。

サユリが二口、三口、食べたところで、神原がもうカレーを平らげ、チャーハンに取りかかったので、誰しも唖然《あぜん》として眺めてしまった。

「――しかし皮肉なもんだなあ」

と、二本木が、食事をしながら、「あの旅から戻ったら、こっちじゃあの番組は打切りが決ってた。――もう一週間早く、打切りと決定したら、あんな国まで出かけて行かずに済んだのに」

「そんなもんだよ。僕だって、四、五年前、北極まで行って撮ったフィルムが、未《いま》だにオクラ入りだ。なあ水島君」

「そうですね」

と、水島は、いつもの通り、淡々と食べている。

「しかも、その理由が、番組の司会をやってた奴《やつ》が、放映直前になって、未成年の女の子とホテルへ行ったのがばれた、というだけなんだからね！――たったそれだけのことで、二か月の北極行きがパーだ」

「ああ、あの企画じゃ、プロデューサーも飛ばされたんだよ」

と、二本木が言った。「当のタレントは、半年、謹慎しただけで、もう平気な顔で子供番組にも出てるってのにな」

「こっちは泣くに泣けないぜ。いくらギャラはもらった、といったって、作品が放送されなかったら――。おい、神原君、どうした？」

神原が、ひどくむせ返っているのを見て、大崎が言った。

「あわてて食べるからよ」

と、サユリは笑って言ったが……。

「苦しい……」

と、呻《うめ》くと、神原は、カッと目を見開き、床に、突っ伏すように倒れた。

――しばらく、誰も動かなかった。

大崎が、やっと我に返ったように、

「おい！　神原君！」

と、かがみ込んで呼びかける。「――どうしたんだ？」

揺《ゆ》さぶってみたものの、神原は、全く身動きする気配すら見せない。

「大崎さん」

サユリは、スパゲッティの皿を、テーブルへ置いて、「誰かホテルの人を呼びましょうか」

と言った。

「いや……。待ってくれ」

大崎は、神原を仰向《あおむ》けにして、その胸に耳を押し当てた。――そして顔を上げると、

「もう死んでる」

と、言った。

「そんな！」

サユリは唖然とした。「だって――どうして、急に？」

大崎は、テーブルに置かれた、空のカレー皿へ目をやった。

「たぶん……毒が入ってたんだ」

誰もが凍りついたように動かなかった。

「でも……私、何ともありませんわ」

「カレーに入ってたんじゃないかな。味が強いから、分らない」

「おい……」

二本木が青くなった。「このハンバーグは？」

「一緒に食べ始めたんだ。何か入ってれば、もうどうかなってるさ」

大崎は、緊張した面持ちで、立ち上った。

「やっぱり、あのせいで？」

と、サユリは訊いた。

「それしか考えられないよ。――僕の見方が甘かった」

大崎は、ゆっくりと首を振った。

「――どうする？」

二本木は、ドサッと椅子《いす》に腰をおろした。立っていられなくなったのだろう。

「ともかく、僕が何とかする」

と、大崎は言った。「ここに君らを集めたのは僕だ。責任は僕にある」

「私は……弱いんだ、こういうことは」

二本木が、ハンカチを出して、顔を拭《ぬぐ》った。

「ともかく、この部屋を借りたのは僕だ」

と、大崎が肯いて、「僕の名が出るのは仕方ないが、まあ、何とか言いつくろうさ。

サユリ君」

「はい」

「君は、こんなことに巻き込まれちゃまずいだろう。早く行った方がいい」

「でも……。大崎さん一人に任せて——」

「大丈夫。いい方法を考えるよ。おい、水島君」

「はあ」

この事態にも、あまり様子が変らないのは、みごとなほどだった。

「サユリ君を送って行ってくれないか」

「分りました」

「気を付けるんだ。アパートだったね、サユリ君は」

「ええ」

「帰らない方がいいかもしれないな。君はもう二度狙われている」

「でも、行く所が……」

「音田の所にいちゃどうだ」

と、二本木が言い出した。

「ええ。でも……」

正直なところ、音田を巻き込みたいとは思わなかった。音田の身が心配だからではなくて、サユリが何かトラブルに巻き込まれていると知ったら、追い出されるに違いないからだった。

「いいです。自分のことは、自分で何とかします」

と、サユリは言った。

「偉いぞ」

大崎は、サユリの肩を叩いた。「僕のマンションの電話は知ってるね」

「はい」

「君の方から連絡してみてくれ。二本木さんも、何か仕事にかこつけて、出張にでも出た方がいいかもしれないね」

「そうだな……」

二本木は、もう生きた心地もしないようだった。

「――神原君は気の毒なことをした」

大崎は、固い表情で言った。「ともかく、これ以上犠牲を出さないことだ。――僕も命がかかっている。何とか打開の方法を探るよ」

大崎は、ベッドカバーを外すと、神原の上に、かけてやった……。

「どこへ行く?」

車を運転しながら、水島が訊いた。

ホテルの駐車場を出て、夜の道へ出ると、サユリは、やっと恐怖が迫って来て、身震いした。

「大丈夫かい？」

水島が訊いた。その気のつかい方が、サユリには意外だった。

「ええ……。神原君、可哀《かわい》そう」

涙が溢《あふ》れて来て、急いで拭った。

「ツイてなかったね」

水島はポツリと言ったが、どこかその言い方は優しかった。サユリには意外に思える。

「どこへ行く？」

と、水島はもう一度訊いた。「このボロ車じゃ、たいして遠くへは行けないけどな」

「アパートへ帰るわ」

「大丈夫かい？」

「だって――他に行く所がないもの」

サユリはそう言って、「水島さんは？」

「僕かい？　僕はどうせどこに泊っても眠れる。適当にやるさ」

「あなた……怖くないの？」

その平静さが不思議で、サユリは訊いてみた。

「相手が分ってて、いつ、どこで狙われるか知ってれば怖いけどね。まるで分らないんだから、怖がるだけむださ」

サユリは、ちょっと面食らって、

「そういう考え方もあるのね」

と、言った。

「君は怖い？」

「怖いわ。でも――何だか現実感がないのも確かなの」

そう言って、ふと、頭に思い浮かんだ名前がある。「――鈴本芳子」

「え？」

水島が不思議そうに、「誰だい、それ？」

「何でもないの」

と、サユリは首を振った。「ただ――ちょっと思い出しただけ……」

車は、サユリのアパートに向っていた。

夜は、まだ当分終りそうになかった……。

3　血の昼下り

「よくいらしたわね」

と、私は、居間の入口で、何だか気後《きおく》れしたように立っている若い女性に、声をかけた。

「どうぞ、お入りになって」

「あの……」

「双葉サユリさんね。ダルタニアンから、話は聞いているわ」

少し、ホッとした顔で、

「そうですか。――凄《すご》いお家なんで、びっくりして」

「親のものですからね。私が、鈴本芳子よ」

「お若いんで、びっくりしました。あの――こんなこと言うと怒られるかもしれないけど、身上《みのうえ》相談をやるおばさんみたいな人かと思ってたんです」

　素直な言い方に、私は思わず笑ってしまった。——芸能界にいるとはいえ、少しもすれた感じがない。

　大川一江が、紅茶を運んで来て、それを飲んでいる内に、大分サユリの緊張もほぐれて来たようだった。

「今日は仕事はないの?」

　と、私は訊《き》いた。

「ええ。そんな売れっ子じゃありませんから」

　と、サユリは微笑《ほほえ》んだ。「でも、今度レコードを出せそうなんです」

「おめでとう。買わせていただくわ」

　と、私は言った。「でも、レコードの売り込みに来たわけでもないんでしょ?」

「はい……」

　サユリは、ちょっと目を伏せた。「命を狙《ねら》われています。助けていただきたいんです」

「牧野進って人が撃たれたとき、私もTVを見ていたの。あれは、あなたを狙ったのね」

「だと思います。でも、よくそのことを——」

「警察は、他に犯人を捜しているわ。とても見付けられないでしょう」

「警察は、いつもそんなものだ。レストレードの時代から、少しも進歩しとらん」

私はその声に振り返った。

「ホームズさん。いらしてたの？」

「図書館にお邪魔しておりました」

と、ホームズ氏が入って来て、「こちらが、例のお嬢さんかな」

と、サユリを見る。

「そう。――お話を聞いてあげて」

「もちろん」

ホームズ氏はパイプを手に、手近なソファに腰をおろした。「そのために来たのですからな」

「私の一番大切なスタッフよ。もう一人は、あなたも会ったダルタニアン」

「ええ、仕込《しこ》み杖《づえ》の――びっくりしました。ダル――ダルテアン、でしたっけ？」

「ともかく、あなたが狙われるようになった事情から聞かせてちょうだい」

と、私は言った。

「はい」

サユリは、少し考えをまとめている様子だった。「一か月くらい前になります。

――私は、仕事で、中米の小さな国へ行くことになりました」

「P国、ですな」

と、ホームズ氏が言った。

「そうです。よくご存知ですね」

「それが私の仕事でしてね」

ホームズ氏が、パイプの掃除を始める。

「ともかく、私、外国へ行ける、っていうんで、大喜びで引き受けました」

と、サユリは続けた。「仕事は、クイズ番組でした。クイズのネタを、その国でいくつか見付けて来ることです。滞在が三日間だけで、その間に、問題にできそうなことを、二十も見付けなくちゃならないので、楽じゃありません。でも、ともかく、お仕事ですし、私なんかは、どんな仕事でも、来ればやります。ぜいたく言える身分じゃないんですもの。――ともかく、スタッフと私、総勢五人で、P国へ向いました。でも……」

「もういやよ！」

と、サユリはヒステリーを起こしそうになった。「日本に帰りたい！」

誰《だれ》も相手にしない。

どう喚《わめ》いたって、帰れやしないことを、知っているからである。

サユリ一人では、言葉も分らず、飛行機の手配もできない。ともかく、文句を口に出せば、少しは気も軽くなるのだ。

それに、うんざりしているのは、他のスタッフも同じだったろう。サユリ自身は、何一つ荷物を持っているわけではないし――むろん、メーク用のバッグは別だが――一番楽なはずだった。

カメラマンの大崎と助手の水島は、大きなビデオカメラと、機材一式を持ち歩いている。

神原は、サユリのスーツケース。プロデューサーの二本木が、身軽といえば身軽だったが、この蒸し暑さの中で、背広にネクタイという重装備である。顔が、汗で光っていた。

五人は、もう三時間近く、ジープに揺《ゆ》られていた。――「乗っていた」のではなく、正に「揺られていた」のである。

ひどい山道で、ともかくジープ用のフィールドアスレチックかと思うような、急坂、凸凹道《でこぼこ》の連続だった。

「おい、落とすなよ！」

と、大崎が怒鳴《どな》る。

「大丈夫です！」

水島が大声で答えた。

同じジープに乗っているのだが、それでも大声を出さなくてはいけないほど、エンジンの音がやかましく、かつ、揺れが激しいのだ。

水島はもうシャツが汗でべったりと肌にはりついている。機材も、耐久性は抜群にできているが、ジープから落っこちたら、道のわきへ転《ころが》り落ちて行くかもしれない。そうなると、そこはもう数百メートルの、切り立った崖《がけ》なのである。

水島は、ロープで縛りつけた機材が、ジープから振り落とされないように、必死で押えつけているのだった……。

「あと、どれくらい乗るの？」

と、サユリが大声で喚いたが、返事は期待していなかった。

すると、現地人の運転手――これが、やたらに陽気で、この三時間の凸凹道を、楽しんでいるかのように、鼻歌など歌っていたのだが――急にサユリの方を振り向いて、

「モウスグ。モウスグ！」

と言ったのである。

みんな一瞬呆気《あっけ》に取られて、それから大笑いしてしまった。——これでサユリも大分気が楽になった。

とはいえ、お尻《しり》の痛さや目の回りそうな揺れがなくなるわけではない。

「こんな山奥に来なくたって！」

と、サユリは隣に座った二本木へ、かみついた。

「私だって、こんな凄い所だとは思わなかったんだよ！」

と、二本木が言い返した。「ホテルの奴《やつ》に訊いたら『すぐ』だとぬかしやがったんだ」

また運転手が振り向いて、

「モウスグ。モウスグ」

と、笑いかけた。

「分ったから、前見て運転して！」

と、サユリは悲鳴を上げるように言った。

何しろ、信じられないような急カーブの連続なのだから。

た。

「——おい」

と、大崎が言った。「少し撮《と》っとこう」

この揺れる車から？　サユリは、呆《あき》れて、重いカメラを取り上げる大崎を眺めてい
た。

「——帰りは大丈夫なんですか？」

少し、道が平坦《へいたん》になり、楽になったところで、サユリは言った。

「飛行機には間に合うさ」

と、二本木が腕時計を見る。

「間に合わなきゃ、転って行けばいいよ」

と、神原が言った。

「そりゃ、二本木さんは早いでしょうけど」

「何だよ、おい」

と、二本木が笑った。

「これで、目指す村に何もネタがなかったら、死ぬね」

と、大崎がのんびりと言った。

大崎は、熱帯から北極まで、どこへでも飛び回っている男だ。これぐらいのことで

は驚かないだろう。

「でも、大崎さん」

と、サユリは言った。

「何だい？」

「どうしてこんな番組に付き合ってるんですか？　こんなクイズ番組なんて、大崎さんが撮ることないのに」

「この国を撮りたかったのさ」

と、大崎が言った。

「この国？」

サユリは、いつまでも続く山道を眺めて、「そんなに珍しい所なのかしら」

「いや、今、この国で取材するのは凄く難しいんだ。軍事政権だからね」

「そうなんですか」

サユリは、そういう方面にはまるでうとい。

「しかも、反政府ゲリラと、もう一年以上戦いが続いていて、政府も神経をピリピリさせているんだ。だから、外国の取材班もめったに入れないし、自由に見て回ることもできない」

「危いから？」

「色々汚ないこともやってるからね。目に触《ふ》れさせたくないんだろう」

と、大崎は肩をすくめた。

「よく今度の取材を許可してくれましたね」

「内容がクイズ番組のための風俗の取材に限る、ってことだったからな」

と、二本木が言った。「それにうちの局の社長は政治家に顔が広い。こういう国じゃ、いくらでも袖《そで》の下がきくんだ」

「だから、いいチャンスだと思ってやって来たのさ」

と、大崎が言った。「番組の取材にかこつけて、少しは他のものも撮ってるんだ」

「気を付けてくれよ」

と、二本木が渋い顔で、「下手《へた》をしたら、みんな帰れなくなる」

「その時は、撮ったテープを全部返上すりゃ大丈夫さ」

「おい、それじゃ、私の立場がないじゃないか」

と、二本木が渋い顔で言った。「出張の費用をどうするんだ」

「じゃ、いつまでもこの国で暮すのかい？」

と、大崎がニヤニヤしながら言った。「さぞ楽しいだろうさ」

サユリは、頭が痛くなって来て、少し遠くへ目を向けた。――荒れた山脈、サユリなどは見たこともない植物や花……。

こんな所で、戦争がある。――信じられないような気持だった。

ガクン、とジープが停《とま》った。サユリは危うく前のめりに転り落ちそうになって、

「キャッ！」

と、声を上げてしまった。

「ど、どうしたんだ？」

二本木がびっくりして訊く。

運転手が振り向くと、ニッコリ笑って、言った。

「モウスグ！　モウスグ！」

「おい」

と、大崎が言った。「着いたんだ」

「――本当に、山の中腹に、はりつくようにして何十軒かの家が建っている、小さな山村でした」

と、サユリは言った。

「そこで撮影を？」

と、私は訊いた。

「はい。といっても、すぐにはできません。まず、クイズのネタになりそうなものを探さないと。――二本木さんと大崎さんが、村の中の英語の分る人を相手にあれこれ話をしている間に、私は、飲物をもらって、一休みしました」

サユリは、ふっと思い出した様子で、笑顔《えがお》になった。「――とても親切な人たちでした。それに、子供たちが珍しそうにワイワイ寄って来て……。ちょうど私、自分の載っている雑誌を持っていたんですけど、それを見たら、すっかりみんな私のこと大スターか何かだと思ったらしくて……」

「でも、とても可愛いわ、あなた」

と、言ったのは大川一江だった。

一緒に話を聞いていたのである。

「ありがとう。――そう言ってくれた人がいました、村の人で」

と、サユリは言った。

「村の人？」

「ええ、山の上のせいか、よく風が通って、じっとしてると涼しいんです。で、私、表に出て、遠くの山を眺めていました」

サユリは、現実に、今、遠い山並を眺めているような目つきになった……。「そのとき、急に――」


「コンバンハ」

急にそう言われて、サユリはびっくりした。振り向くと、逞《たくま》しく陽焼《ひや》けした若者が、人なつっこい笑顔を見せて立っている。

「あなた――映画スター？」

と、たどたどしい日本語で訊いて来る。

サユリは、笑ってしまった。

「私は、そんなスターじゃないわ」

と、首を振って、「ただTVに出てるだけです」

「やっぱり、スター！」

と、若者は顔を輝かせた。

体は大きく、がっしりしているが、顔は、どこか幼なさの残る、童顔だった。

「あなた、この村の人？」

と、サユリは訊いた。

「そう。そうです」

と、若者が肯《うなず》く。「パコ、というんです」

「パコ……。可愛い名前ね」

意味が分ったのか、若者は少し赤くなった。

「日本語が上手ね。ここで習ったの？」

「上手――じゃないです」

「いいえ、とても上手だわ」

「町へ行って――日本に昔いたことのある年寄りがいて――その人に、教わりました」

「そう。若いのね。いくつ？――何歳？」

「十八です」

と、パコという若者は言って、「サユリ、さんですね」

「まあ、憶《おぼ》えてくれたの？　嬉《うれ》しいわ」

「写真、撮っていいですか」

と、小さなカメラを取り出す。「これ、日本のカメラです」

「ええ、どうぞ」

町の広場——といっても、小さなものだが——に出て、パコがサユリの写真を撮っていると、ワーッと声がして、子供たちが集まって来た。

一体、この小さな村のどこに、こんなに沢山子供がいたのかと思うほど、大勢の子供たちが、たちまちサユリを取り囲んで、押しくらまんじゅうよろしく、身動きできなくなってしまった。

「みんな！　どいて！」

と、パコが顔を真赤にして怒っているが、誰も笑ったり叫んだりで、動こうともしない。

サユリは、別に子供好きというわけではないが、すっかり楽しくなって、

「いいの！　このまま撮って！」

と、パコの方へ手を振って見せた。

「やあ、いい風景だな」

と、大崎がやって来る。「おい、水島君。ちょっと撮っとけよ」

「はあ」

水島がTVカメラをサユリの方へ向ける。

サユリはタレントの顔になって、子供たちを両手にかかえて、微笑んで見せた。

「可愛い！——可愛い！」

と、パコがくり返しながら、カメラのシャッターを押す。

「——おい、そろそろ始めよう！　帰るのが夜になっちまう」

と、二本木が、大声で言いながら、やって来た。

「サユリ君、マイクを取って、ともかくこの村のことを、賞《ほ》めてくれ。『素朴』でも『眺めがいい』でも、何でもいい。たいして賞める所はないけどな」

「二本木さん」

と、サユリはあわてて言った。「あの若い人——日本語が分るのよ」

パコは、二本木の言葉が分ったのかどうか、相変らずニコニコしているだけだ。

「そうか。ま、いいじゃないか。何もないのは事実だ」

と、二本木は肩をすくめた。「——さ、仕事、仕事」

サユリは、一軒の家を借りて、そこで顔やヘアスタイルを簡単に直すと、広場へ戻った。水島が、カメラを三脚に固定して待っている。

大崎が出るまでもないのだろう。

マイクを手に、サユリが広場の真中に立って、

「ここでいい？　少し退《さ》がる？」

「もう少し右。――うん、それでいい」

と、水島が手を上げた。

「ともかく、まず村の中を見回す感じだ」

と、二本木が言った。「カメラでずっとなめてくれ」

「――じゃ、行くよ」

と、水島が言った。

サユリは、ちょっと呼吸を整えた。仕事なのだ。

「――皆さん、こんにちは。私は今、P国の山の中の小さな村に来ています。とっても高い山の中腹で――」

「待った、待った！」

と、水島が言った。「マイク、スイッチ入ってないよ」

「いけない！　ごめんなさい」

サユリは、ちょっと舌を出した。

「――じゃ、もう一回」

「はい」

サユリは、エヘン、と咳払《せきばら》いして、マイクを握り直した。

そのときだった。——何だか妙な音が近付いて来るのに気付いたのは。

ゴーッというような……。地響きのような音で……。

「うるさいな」

と、水島が顔をしかめた。「車か?」

集まっていた村の人たちが、顔を見合せた。サユリは、人々が急に静まり返ったのを見て、ふと不安になった。——何だかいやな予感がする。

突然、あのパコという若者が、何か大声で叫んだ。

鋭い叫び声だった。意味は分らなかったが、サユリにも、ただごとでないのは感じられた。

人々が、どっと散った。

サユリとスタッフたちは、わけが分らず突っ立っている。——と、パコが、

「危い!」

と、サユリの方へ駆けて来た。

「え?」

「隠れて!　危い!」

「でも――」

大崎が、真先に行動に移った。

「機材をかつげ！　ジープの方へ急ぐんだ！」

サユリは、マイクをつかんだまま、駆け出した。

た。

そのとき、村の外《はず》れの方から、タタタ、という小太鼓《こだいこ》を叩《たた》くような音が聞こえて来た。

悲鳴が上る。パコが、大声で何かを怒鳴りながら走って行くのを、サユリは目に止めた。

ぐっと手をつかまれる。大崎だった。

「どうしたの？」

「隠れろ！　機関銃の音だ！」

「機関銃？」

まさか。――まさか、と思った。こんなときに、いくら何でも……。

しかし、大崎は、サユリをぐいぐい引張って、停めてあったジープに、

「乗って、中で伏せてるんだ！」

と、押し上げた。「いいか！　動くなよ！――水島！　カメラは！」

「持ってます！」

三脚をつけたままの、あの重いカメラと、モニター用の機械を、水島が一人でかかえて走って来る。

「その建物へ入れ！　カメラを壊されるなよ！」

と、大崎が怒鳴った。

水島は、納屋《なや》のような、白壁の建物の中に姿を消した。

「僕は車の下にいる！」

と、大崎は、サユリに声をかけた。「何があっても動くなよ！」

サユリは、呆然《ぼうぜん》として、恐怖も、ショックも感じなかった。一体何が起っているのか……。

村のあちこちで、銃声がした。女の叫ぶ声、子供の泣き声が入り乱れる。爆発の音も聞こえた。黒い煙が、広場の方へ流れ込んで来て、むせた。

家が焼かれたのか、炎が上がっているのが見えた。――どうしたんだろう？　戦場でもないのに。

と――広場に、真黒な鉄の塊のような車が、姿を現わした。

装甲車《そうこうしゃ》というものだと、後でサユリは知ったが、それは鉄の甲羅《こうら》をかぶった怪物のように見えた。

突き出た銃口から火がはためくと、家一軒、たちまち壁が粉々に砕けて、崩れ落ちてしまう。

サユリは、頭を下げることなど、考えもせずに、呆然とその光景を見ていた。

そのとき、悲鳴が上った。——女性や子供たちが、追われるように、広場へなだれ込んで来る。

何十人いるだろう。さっき、サユリを取り囲んで大笑いしていた子供と、その母親たちだ。

兵士たちがそれを追い立てるように、銃を手に現われた。

銃を宙へ向けて、発砲する。——広場に、次々に村人たちが集められているようだった。

母親が子供を必死でかばって、自分の後ろに隠そうとしている。

サユリは、何が起ころうとしているのか、考えることもできずに、呆然と眺めているばかりだった。

そこへ、ジープが一台、入って来た。

男が一人、その座席に立って、広場を見渡していた。——鋭い目つきが、燃えるようだ。

ワシ鼻の、頰《ほお》のこけた、色の黒い男で、頰には、ゾッとするような傷あとがあった。

司令官なのかしら、とサユリは漠然と思った。広場には、もう百人を超す村人が――ほとんど女と子供だったが――集まって、身を寄せ合っている。

兵士の銃口が、村人たちに向けられているのを、サユリは、信じられない思いで見ていた。まさか……。いくら何でも、撃ったりしないだろう。

そのままの状態で、二、三分が過ぎた。

兵士の一人が、司令官らしい男のもとへ走って行って、何かを告げるのが見えた。

司令官らしい男の顔色が、サッと変った。

怒鳴りつけると同時に、その兵士を殴り飛ばした。サユリは、自分が殴られでもしたように、ギョッとして、そのときになって、やっと、ジープの中に身をかがめ、目だけをそっと覗《のぞ》かせた。

司令官らしい男が、何かを叫んだ。ジープが、向きを変えて走り去る。――引き上げるのだろうか。

サユリは少しホッとした。

そして――突然、兵士たちの銃が、火を噴いたのだ。機関銃、小銃、拳銃《けんじゅう》、そしてあの装甲車からは、炎の柱がゴーッという音と共に、村人へと放たれた――。

サユリは、両手で顔をふさいで、うつむいたまま、しばらく激しく息をしていた。

私も、あえて話を続けさせようとはしなかった。――聞いているだけで、体が震えて来るような出来事である。

「悲惨だ」

と、ホームズ氏が言った。「おそらく、その村に、ゲリラが隠れていたのですな」

「――そうなんです」

やっと顔を上げた、サユリが、息を吐き出しながら、言った。「目当てのゲリラの戦士が逃げてしまって、その腹いせだったようです。でも……今になっても夢でうなされます。――次々に撃ち倒された人たち……。女の人や、子供が、火炎放射器で火だるまになって転げ回って……」

サユリの目から涙が溢《あふ》れた。

「許せん！」

と、声が響いた。

いつの間にか、ダルタニアンが来ていたのだ。珍しく、顔を真赤にさせて、怒りに唇を震わせている。

「でも――」

と、私は努めて冷静に言った。

しかし、かなり動揺していたことは事実である。

「よくあなた方、無事に戻れたわね」

「ええ……。もちろん、その後、兵隊たちに見つかりました。でも――日本人ということで、向うもうかつには手を出せない、と思ったようです」

「じゃ、その場で釈放されたの？」

「町まで、その軍隊の車に前後を挟まれて。でも、二本木さんと大崎さんが、すぐに日本の領事館へ駆け込んだんです。そうでなかったら、二、三日はきっと訊問《じんもん》されたでしょう」

「それですぐに帰国したの？」

「はい。どうせその日に帰ることになっていましたから。――たぶん、向うも責任者に連絡を取っていられなかったんじゃないでしょうか。だから私たちがすんなり出国できたんだと思います」

「なるほどね」

「でも、あのとき、村を襲った兵隊たちを指揮していた男……。あの男が、もし私たちを見ていたら、私たちも殺されていたかもしれません」

「どうして？」

「理由はありません。ただ……きっと、見逃《みのが》したりはしなかっただろうと思うんです」

「その男は、あなた方がいることを知らずに先に引き上げてしまったわけね」

「そうです。——村の人は、一人残らず、殺されたんです。女、子供も全部。家も焼き払われて、村そのものが、消えてなくなったんです……」

ホームズ氏が、ゆっくりと首を振って、

「大変なものを見てしまったものだ」

と、言った。

「ええ。——私たち、飛行機の中で話し合ったんですが、ともかく、口をつぐんでいよう、と。——卑怯《ひきょう》かもしれませんけど、ともかく、何も証拠はないんだし、それに、ただ、もう怖かったんです」

「分るわ」

と、大川一江が肯いた。

「でも、帰って来てからが、大変でした」

と、サユリが皮肉《ひにく》っぽく言った。

「どうしたの？」

「あの国まで行って、使えそうなネタが全然なかったんですもの。プロデューサーの責任問題になって、二本木さん、青くなってました。――でも、結局、番組そのものが、視聴率が悪くて、打切りになると、上の方では決ってたんです。それでうやむやになっちゃったんですけど」

「その後は、ホテルの部屋に集まるまで、その話はしなかったの？」

「はい。みんな、あんなことは忘れたようにして、働いてました。でも……私は忘れられなかった。戦争映画なんて、見る気にもなれません」

「それが当然よ」

と、私は言った。「さて――どうしたらいいかしら」

「放っておくわけには行きませんな」

と、ダルタニアンが、昂然《こうぜん》として、言った。「天罰を加えてやらねば！」

「日本に敵がいれば、の話よ。その国まで出かけて行くわけにはいかないわ」

と、私は言った。

「ともかく、黙っていても狙われている、ということは事実だ」

と、ホームズ氏が言った。「差し当り、サユリさんの安全を考えることですな」

「私は――大丈夫です」

と、サユリが、ちょっと微笑んだ。「一人ですし、殺されたって、たいして悲しむ人もいないし」

「そういうわけにはいかないわ」

「さよう」

と、ダルタニアンが一礼して、「この仲間たちに救いを求めて来られたからには、髪の毛一本、傷つけさせるわけにはいきません」

「そりゃあ、私だって、殺されるのは好きじゃないですけど。でも、今、初めて他の方にあの出来事をお話しして……。殺された村の人たち――母親や子供たちのことを考えると、自分一人の命がどうなんだろう、って気になって来たんです」

「気持は分る」

と、ホームズ氏が肯いて、「しかし、だからこそ命は大切にしなくてはならんのです。分るかな。――それに、あなたは貴重な証人なのだ」

「はい」

と、サユリは肯いた。「もちろん、充分に用心します」

「では、我々で対策を立てることにしましょう」

と、ホームズ氏は言って、「あなたは仕事があるのでしょう」

「ええ。――たいした仕事じゃありませんけど、一応は」

「たいしたことのない仕事などというものはありませんよ」

と、ホームズ氏が微笑して、「差し当りは、このボディガードを連れて歩くとよろしい」

と、ダルタニアンを見た。

「お任《まか》せを」

と、ダルタニアンが、心得た、というように、ニヤリと笑った。

「――一つ、興味のあることがあってね」

と、ホームズ氏は新聞を広げた。「問題のP国で、その後、クーデターがあったのは、知っているかね？」

「ええ、新聞で見ました」

と、サユリは肯いた。「前は新聞なんてろくに読まなかったんですけど」

「軍部内の争いで、結局、独裁者が入れかわったというだけだが……。その新しい大統領が、近々日本へ招かれてやって来る」

「まあ」

と、私は目をみはった。

「一応、一国の元首ですからな」

「ひどい話ね」

「これがその男だ」

ホームズ氏は、ポケットから、新聞の切り抜きを取り出して、サユリの方へ差し出した。

「大統領ガレス、という男だ」

その切り抜きを受け取って、写真を見たサユリが、アッと息を呑《の》んだ。

「この男だわ！　頬に傷があって――このワシ鼻……。あの村の人を皆殺しにした男です！」

と、サユリは叫ぶように言った。

4　すれ違った顔

「おい、サユリ君」

と、声をかけられて、振り向くと、二本木が、何とも渋い顔で廊下をやって来るところだった。

「あら、どこか出張じゃなかったんですか」

と、サユリは言った。

TV局の廊下である。今日は、トーク番組のアシスタント役をやることになっていた。

「そのつもりだったんだ」

と、二本木は肩をすくめて、「話をしに部長の所へ行ったら、ちょうどいい、今呼ぼうと思ってたところだって言われてね」

「じゃ、何か仕事を？」

「うん。君にも関係がある。——ちょっとお茶でも飲まないか」

「じゃ、ラーメンでも食べようかな。ちょうどお腹空《す》いてて。夜までは食べられそうもないんです」

「それじゃ食堂に行こう」

と、歩き出して、「——あれは？」

と、不思議そうに言った。

サユリの後ろ、三メートルほどの距離を置いて、いやにキザな格好の——といっても、前世紀的なキザだが——男が、クルクルとステッキを振り回しながらついて来るのである。

「ああ、あの人。私の——付き人なの」

と、サユリが言った。

「へえ！　君も出世したじゃないか」

「事務所で付けてくれたんじゃなくて、自主的に付いてってくれる付き人なんです」

「——変ってるね」

と、二本木は、目をパチクリさせて、その男を見た。

その男——もちろんダルタニアンだが——は、にこやかに笑顔を見せて、二本木に会釈した。

まあ、TV局の廊下だから、こんな格好で歩いていても目立たないのである。

二本木とサユリは、局の食堂へ入って、席についた。――ダルタニアンも、隣のテーブルについて、こちらはラーメンではなく、あまり旨《うま》いとはいえないサンドイッチを、顔をしかめながら、食べていた。

「どうなったんでしょうね、神原さんのこと」

と、サユリは、少し低い声で言った。

ホテルで神原が死んだという記事は、どの新聞にも出ていなかったのである。

「さあ、知らないね」

二本木は、あまり思い出したくない様子で、「きっと大崎がうまくやったんだろう」

「でも、殺されたのに――」

と、言いかけて、サユリはハッとした。「つい大きな声出しちゃった」

「大丈夫さ。ここじゃ、どんな話をしたって、みんなドラマのことだと思うよ」

「そうですね。でも――」

と、サユリは目を伏せた。「あの事件はドラマじゃないわ。本当にあったんですもの」

「うん。分ってる。しかし――」

「二本木さん」

と、サユリは、食べる手を休めて、「私、黙ってちゃいけないんじゃないかって思うんです」

「何を？」

「あのこと……。そりゃあ、証拠の写真一つないけど。でも、私たちが揃《そろ》って証言すれば、きっと――」

「ねえ、待てよ」

と、二本木は、なだめるように、「君の気持は良く分るし、私もあんなひどいことがあっちゃいかんとは思うよ。しかし、僕らの話を、どこが取り上げる？　もし新聞や雑誌がのせてくれたとしたって、別に、日本の警察があの兵隊たちを逮捕してくれるわけじゃない。そうだろ？」

「ええ……」

「ことは政治の問題だよ。我々のような人間が口を出すことじゃあない」

焼き殺された母親や子供にも、そう言えるだろうか？――サユリは、二本木にそう訊《き》いてやりたかったが、やめておいた。

皮肉を言ってみたところで、二本木が気を変えるとは期待できなかったからだ。

「――二十分したら、スタジオへ行かなくちゃ」

サユリは時計を見て、「お話って何ですか？」

と訊いた。

「うん。今度ね、ドラマをやれってことなんだ」

「二本木さんが？」

サユリは思わず訊き返していた。

局の制度として、プロデューサー部門も、ドラマと、ドキュメンタリー、バラエティは、かなりはっきり分れている。二本木はずっと、バラエティ、クイズものを中心にやって来たプロデューサーなのだ。

「珍しいですね」

と、サユリは言った。「方針が変ったんですか」

「何だか知らんよ。部長に呼ばれて、そう言われただけだ」

と、二本木は肩をすくめたが、何となく愉《たの》しげではある。「まあ、ここのところ、ドラマの視聴率がパッとしないからね。少し変った奴《やつ》にやらせてみようか、ってことだろう」

「でも、いいじゃありませんか。いつも同じようなものばっかりやってるよりも」

「その点は同感だ。それでね、君を使いたいんだ」

サユリはキョトンとして、

「私を？」

「そう。ドラマでだ。マイクを持って、カメラに向ってニコニコしてるだけじゃない。セリフをしゃべるんだ。どうだい？」

「――ぜひ！　やらせて下さい」

サユリは頰《ほお》を紅潮させた。「どんな役でもいいです。何でもやります！」

「まだ、内容は白紙だけどね。金曜日の八時からという枠なんだ。かなりのゴールデンタイムだよ」

「うまくいくといいですね」

「うん。早速企画書を出す。ホームドラマで、ちょっとサスペンスっぽくしたものがいいかな、と思ってるんだ。いい原作がないか当ってる」

「私のやる役があるといいな」

と、サユリは微笑《ほほえ》んだ。「期待してます」

「ああ。君はぜひ出したいと思ってるんだ。決ったらすぐ知らせる」

「ありがとうございます！」

サユリは力を込めて言った。

「じゃ、早速ディレクターと打ち合せなんでね。——また連絡するよ」

「はい。ごちそうさま」

「いやいや」

ラーメン一杯で礼を言われて照れくさいのか、二本木は手を振って立ち上った。

「そうだ。ディレクターね、音田君に頼むことにしたよ」

「あら」

と、サユリは言った。

——音田がディレクター。二本木がプロデューサーになる。

何だか妙な気分だった。しかし——音田とは、あの夜以来会っていない。初めて命を狙《ねら》われた夜以来は。

何となく、気まずくなっているのだ。もしかすると、音田が、サユリを使いたがらないかもしれない。

「ま、いいや」

と、サユリは呟《つぶや》いた。

だめならだめで。——どうせ、喫茶店のウエイトレスぐらいの役なんだろうから。

「あ、もう行かないと」

サユリはラーメンを急いで食べ終えると、立ち上った。

そうだ。あの人——ダル……。ダル……何だっけ？　どうしても憶《おぼ》えられない。

もう、いつの間にか姿が見えなくなっている。不思議な男で、ふっと姿が見えないから、いなくなったのかと思うと、そうでもない。

見回して捜せば、少し離れた物かげに、ちゃんと立っているのだ。——本当に妙な人だわ。

サユリは、トーク番組の収録があるスタジオへと、廊下を急いだ。

ドラマか。——レコードが出て、TVドラマにも出演できたら……。少しは、本当のスターに近付ける。

胸が弾《はず》んだ。

ただ、以前のサユリと違うのは、そんな話に心をときめかせる一方で、どこか後ろめたさを忘れられないことだった。

あの山村で見たことが、どんな時でも、頭を離れないのだ。

でも、やっぱり仕事は仕事だ。やる以上は、その役に徹しなくては……。

どこかのスタジオで、収録が終ったらしい。ゾロゾロと、妙な衣装の男たちが出て来た。

アラビアン・ナイト風の衣装をつけた男たちで、外国人ばかり十人ほどが、ガヤガヤと騒ぎながら、歩いて来る。

「ちゃんと、小道具は返しといてくれよ！」

と、日本人のスタッフが、怒鳴っている。

「ヤア、ヤア」

「オーケー」

と、返事も色々だ。

少しメーキャップしているが、どう見てもアラビアン・ナイトとはイメージの違う、ドイツ人風の男性もいるし、中南米あたりの顔もある。

一人、口をつぐんで、少し遅れて歩いているのは、中南米の人ではないかしら、と思った。

まだ若くて、キリッとした顔立ちをしている。――ふと、思い出した。あの村にいた、パコという若者のことを……。

サユリは、すれ違う前に、足を止めていた。もちろん――そんな感じがするだけで、こんな場所に、あのパコがいるわけもない。

ただ、見れば見るほどよく似ている……。

似て見えるだけだ。外国人から見れば、日本人――いや東洋人は似て見えるだろう。同じことだ。

その男が目を上げて、サユリを見た。――ハッとしたのが分る。足を止めた。

「――パコ」

と、サユリが呟く。

だが、立ちすくんだサユリが我に返ったときには、もう彼の姿は、新たに加わった一団の人たちの中に紛れて、見えなくなっていた。

あれは――本当にパコだろうか？

しばらく、サユリは廊下の真中に、呆然《ぼうぜん》と突っ立っていた……。


「――お疲れさん」

と、声が飛び交う。

「お疲れさまでした」

と、サユリは、トーク番組の司会をやっている男性タレントに頭を下げた。「来週もよろしくお願いします」

「ああ、そうだ。君ね――」

と、その男が、サユリの肩に、なれなれしく手をかけて来た。

「何か……」

「ちょっと相談があるんだ。付き合えよ」

プレイボーイとして知られている男である。サユリも、何度か誘われたことがあった。

「申し訳ありませんけど、今日は急ぐんです」

と、サユリは素早く逃げ出そうとしたが、相手はしつこく追って来て、

「君のために言ってるんだぜ」

と、スタジオの隅でサユリを捕まえた。

人目がないわけではないが、他のスタッフも、その男のことはよく分っているので、

「またやってるよ」

という顔で笑って見ているだけだ。

「何のお話ですか」

サユリは、ため息をついて、訊いた。

「実はね、今度、パートナーを変えようか、という話が出てるんだ」

パートナーとは、サユリのことである。

「そうですか」

「しかし、僕は反対してるんだ。君はよくやってるからね」

「ありがとうございます」

「でも、上の方にしてみりゃ——分るだろ？　もっと、人気のあるタレントを使いたい、ってわけなんだよ」

サユリは、苦笑した。そんなに人気のある女の子を使ったら、今度は彼の方が「パートナー」に転落するだろう。

「だけど、僕は絶対に反対だ。君をぜひこのまま使いたいと思ってる」

「そうですか」

「だから、コンビの息が合ってなきゃ、説得力がないよ。そうだろ？」

「何をおっしゃりたいんですか」

「二人で打ち合せが必要だってことさ」

「ベッドの中で？」

「それも悪くないね」

と、図々しく肯《うなず》く。

そこへ、

「送りましょう」

と、声をかけて来たのは、ダルタニアンである。

「――何だい、この男?」

「私のボディガードです」

と、サユリは言った。「もし私のこと、お気に召さなかったら、プロデューサーにそうおっしゃって下さい」

「おい、君――」

「お先に失礼します」

と、サユリはさっさと歩き出した。

追いかけようとした男の前に、ダルタニアンが立って、

「去る者は追わず、ですぞ」

と言った。

「うるさい! 僕に逆らったら、どうなるか、あいつ、分ってないんだ」

と、顔を真赤にして怒っている。

「そちらも分っておられないようですな」

ダルタニアンが、バレエでも踊るように、クルッと回って、「では、失礼」

と、一礼して、サユリの後を追って行く。

「――フン！　憶えてろ！」

その男は、スタジオを出て、ちょうど週刊誌のカメラマンを見付けると、自分の取材に来たわけでもないのに、

「やあ！　ご苦労さん！」

と、手を上げた。

カメラが向いて、フラッシュが光る。そばにいたTVカメラも、その男の方へ向いた。

どうだ！　俺《おれ》の人気は！

得意げに、Vサインを出して見せる。

「はい、じゃ失礼。――いや、疲れてるんでね。取材はまた。――じゃ」

と、いい気分で歩いて行く。

そして、大きなガラス窓にふと目がいって……。そこに映った自分の姿を見た時、顔から血の気がひいた。

「禿《は》げてたのね、あの人」

と、笑いながら、サユリは歩いていた。「知らなかった！」

「人間、正直が一番です」

と、ダルタニアンは言った。

ダルタニアンが、剣の一振りで、あの男の頭にのったヘアピースをはね飛ばしていたのである。

「あなたって不思議な人」

と、サユリはダルタニアンを見て、微笑んだ。

「さっき出会った男は何者です？」

「え？——ああ、それがね」

サユリは、あの山村で会ったパコという若者そっくりだったのだと話した。「でも、まさか……。ただ、向うもこっちを見て、ハッとしたの」

「なるほど。では、鈴本さんに話しておきましょう。調べてくれます」

「そうね」

もし、あれが本当にパコだったら……。

生きのびて、どうにかして日本へやって来たのだろうか。

TV局の受付の前を通って、出ようとすると、

「ああ、サユリさん」

と、受付の女性が呼んだ。

「はい」

「お電話が、ちょうど――。ここで取る？」

「すみません」

サユリは駆けて行って、受話器を取った。

「サユリ君？　水島だけど」

大崎の助手の水島だ。

「あら、どうしたの？」

「実はね、本当は会ってゆっくり話したいんだけど、時間がない。急な仕事で、大崎さんについて九州へ出かけることになったんだ」

「私にご用？」

「うん。君が一番いいと思うんだ」

「何のこと？」

「預かってほしいものがある」

「何を?」

「ビデオテープだ」

「よく分らないけど……」

「僕のアパート、知ってるね」

「ええ、この前、車で寄った所でしょ?」

「アパートの向いに、〈K〉っていう喫茶店がある。なじみで、よく行くんだ。そこの女主人に、預けてある。君、受け取って、持っていてくれないか」

「ええ、構わないわ。取りに行けばいいのね」

「うん。頼む」

「お安いご用よ。でも、どうしてそんなものを私に?」

水島は、少し声を低くして、

「僕に万一のことがあったときのためだ」

と言った。

「万一?――水島さん、それ、どういうこと?」

「いや、まさか、とは思うけど、僕だって何か危い目にあうかもしれないからね。じや、頼むよ」

「ええ、でも――」

電話は切れた。サユリは、漠然とした不安を覚えながら、受話器を置いた。

「――どうかしましたか」

と、ダルタニアンが、浮かない顔のサユリを見て言った。

「水島さんから電話で……」

と、サユリは話をして、「何だか、心配だわ」

「九州へ行くって？」

「そうらしいわ」

「そこまでついて行くわけにはいきませんね。ともかく、そのテープとやらを、取りに行きましょう」

「ええ」

サユリは肯いた。

――まだそれほど遅い時間ではない。

二人はタクシーを拾って、水島のアパートへ向った。

「電車でもいいのに」

と、タクシーの中で、サユリは言った。

「いや、これはお嬢さんの命令です」

と、ダルタニアンが言った。

「鈴本さんの？」

「そうです。あなたが少しでも危険な目に遭《あ》わないように、と心配しておられるんですよ」

「まあ……」

何だか胸が熱くなって、サユリは言葉が出なくなった。

見知らぬ他人を、そんなに心配してくれる人がいる。――あまり人からそんな風に気をつかわれたことのないサユリは、ふと胸が詰るような気がしたのである。

「あの――」

と、サユリは、少し照れ気味になって言った。「あなたは、恋人っていらっしゃるんですか」

本当は、名前を呼びたかったのだが、「ダル――」の先が、どうしても思い出せないのである。

「女性はすべて恋人です」

と、ダルタニアンは会釈してみせた。

「まあ、それじゃ沢山いらっしゃるのね」

と、サユリは笑った。

「いや、そうとも限りません。——レディの名に価《あたい》する女性だけが、『女性』と呼べるのですからね」

「あら、じゃ、私なんか、とてもだめだわ」

「いや、それなら私がこうして護衛して歩いたりはしません」

「でも、私、レディなんかじゃありません」

「レディというのは、生れや育ちや、着ているものとは関係ありませんよ。美しいものを見て感動し、間違ったことに憤る心を持った女性なら、みんなレディです。ただし——」

と、付け加えて、「その数は多くありません」

「ありがとう」

と、サユリは言った。「私にそんなことを言ってくれるのは、あなただけだわ。——あ、その角を曲って下さい」

水島のアパートの前に、タクシーは停《と》った。

「これが、水島さんの住んでるアパートなの」

と、サユリが指さしたのは、大分古ぼけた二階建のアパートだった。「その店だわ、水島さんの言ってたのは」

と、サユリは、その喫茶店に入ろうとした。

「ちょっと待って」

と、ダルタニアンが、呼び止めた。

「どうかして？」

「あのアパートの、どの部屋ですか、彼の部屋は？」

「水島さん？　確か、二階の真中よ。どうして？」

「あの部屋？」

と、ダルタニアンが指さす。

「ええ」

「彼はいないはずですね」

「そうだと思うわ」

「明りが点《つ》いていて、今、消えましたよ」

「おかしいわね」

「ここにいらっしゃい」

ダルタニアンは、身軽に外階段を上がって行った。――外廊下式のアパートなので、表から二階の部屋のドアも見える。

サユリが見ていると、ダルタニアンは、水島の部屋の前で、立ち止って、中の様子をうかがっているようだった。

「――どうかしたの？」

と、サユリが下から声をかけた。

突然、ダルタニアンが、見えないバネにはね飛ばされたかと思うほどの勢いで、二階の手すりを飛び越えた。

「キャッ！」

サユリが思わず声を上げる。が、ダルタニアンの体は、フワリと鳥のように地面に降り立っていた。

同時に、ドカン、と腹の底に響くような音がして、水島の部屋のドアが吹っ飛んだ。

「危い！」

と、サユリは叫んだ。

ダルタニアンが、ヒョイと思いもよらない力でサユリをかかえ上げて、横へ飛んだ。

「火が――」

水島の部屋から、炎が吹き出していた。

「ガスの臭《にお》いがしましたのでね」

と、ダルタニアンは言った。「他の部屋の人を助けなくては！」

「ええ！」

「あなたは、その喫茶店で、一一九番して下さい！　テープも受け取るんです」

「分ったわ」

サユリがその喫茶店へ駆け込んだとき、アパートから次々に住人が飛び出して来た。

5 内部の敵

「で、その水島って人は?」

と、私は訊《き》いた。

「行方が分らないんです」

と、サユリは言った。「九州の大崎さんにも連絡してみましたけど、水島さん、行ってないんです。向うで、大崎さん、苦労してるようです」

「そう……」

私は肯《うなず》いた。「でも、アパートからは別に死体は出て来なかったっていうことだから」

「ええ。逃げているのかもしれませんね」

サユリは、そう言ってから、「だといいんだけど……」

と、独り言のように呟《つぶや》いた。

「きっと無事よ」

と、私は元気付けるように言って、「でもそのテープというのが、気になるわね」

「そうなんです」

サユリは、ちょっと眉《まゆ》を寄せて、「ちゃんと言われた通りに行ったのに……」

サユリが、〈K〉という喫茶店の女主人に、テープのことを訊くと、

「あら、さっき取りに来たわよ」

と、向うも面食らったような顔をしたのだった。

「失礼しちゃうわ！　双葉サユリだって名乗ったっていうんですから。——でも、私がもっと有名なら、他の女に間違えられるなんてこともなかったんですよね」

と、一人で怒ったり悩んだりしている。

私は、それを見ていて、こんな時に少々不謹慎ではあるが、この子はスターになるかもしれない、と思った。一つ一つの表情が、活き活きしていて可愛いのである。

「その女は、水島がそこにテープを預けたのを知っていたわけですな」

と、ホームズ氏が言った。

そうそう。——言い忘れたが、ここは私の屋敷ではない。

ホームズ氏にはあまり似合わない場所——TV局のロビーなのである。

サユリが、今日は朝から仕事が入っているというので、やって来たのだが、忙しく出入りする人間たちは、誰《だれ》がどこに座っていようが、気にもしていないようだ。

「でも、ともかく無事で良かったわ」

と、私は言った。

「ダルタニアンは犬のように鼻がきくからね」

「まあ、そんなこと聞いたら、怒るわよ」

と、私は笑って言った。

今、姿は見えないが、必ずどこかにいて、サユリを見張っているはずだ。

「――それより、気になるのは、パコっていう人のことね」

と、私は言った。「あなたの話では、間違いなくその人らしいし……」

「ええ。向うも私のことを知っていましたから。――でも、よく生きてたわ」

と、嬉《うれ》しそうに言った。

「よく出国できたものだ」

と、ホームズ氏が言った。「おそらく、パコという名は、ニックネームでしょうな。その名しか知られていないので、本当の名前で日本へやって来れた」

「でもなぜ、わざわざ日本へ……」

と言いかけて、サユリはハッとした。「あの――独裁者が――」

「そう。村を焼き尽くした男が、日本へやって来ることを、パコは知っていたのかもしれない」

「でも、警戒は厳重でしょう」

と、私は言った。「もし、暗殺するつもりだとしたら、とても……」

「いや、不可能ではありませんよ」

と、ホームズ氏は首を振った。「どんなに厳重に警戒したとしても、やれないことはない。ただし、当人も生きて逃げるつもりがなければ、ですが」

サユリが、顔をキュッと引きしめて、肯いた。――そこへ、太った男が汗を拭《ぬぐ》いながらやって来る。

「やあ、ここにいたのか」

「あ、二本木さん」

私はサユリの話通りのイメージの、二本木という男を眺めた。

「何か用事だったのか？」

と、不思議そうに私を眺める。

「いえ――ちょっと雑誌の方」

と、サユリが言ったので、私も調子を合わせて、

「ちょっとインタビューをしていたんです」

と、言った。「双葉サユリさん、今、とても輝いてる、と思いましてね」

「いや、そりゃいいカンです」

と、二本木は嬉しそうに言った。「どんどん載せてやって下さい。この子はこれから大スターになりますよ」

「二本木さんたら、オーバーだわ」

と、サユリは笑って、「誰も知らないタレントをつかまえて。それじゃ、却《かえ》って嫌《いや》味《み》になりますよ」

「いや、嘘《うそ》じゃない」

と、二本木は首を振って、「今、音田君と話して来たんだ」

「音田さんと？」

「今度のドラマ、君を準主役に使おうということになったんだよ」

サユリが、ポカンとして、

「また……。からかってるんでしょ？」

「嘘を言うもんか！　本当だよ。主演は村木京子。君はその妹で、一人の男を取り合

うっていう役だ。音田君も、君なら必ずやれる、と言って、局長に推薦したんだよ」

「じゃ……本当に私が？」

「うん。――どうだ？　異存《いぞん》ないだろうね」

「それはもう――でも、できるかしら、私なんかに？」

「できるとも！　私の目に狂いはない」

サユリは頰《ほお》を紅潮させていた。それは当然のことだろう。長い間の夢が叶《かな》うのだから。

「――おい、サユリ」

と、ちょっとキザに、ネッカチーフを首に巻いた男がやって来た。

「音田さん――」

これが、サユリの恋人のディレクターか。キザな格好の割には、目つきはどことなく俗っぽい。

「話は二本木さんから聞いたね」

と、音田は、サユリの肩に手を置いた。

「ええ。でも何だか――夢みたい」

「君ならできるさ。しかし、楽じゃないよ。君は何しろまだ芝居の基本も知らないんだからな」

「私、一生懸命やります」

「でなきゃ困る。ドラマの成功は君にかかってるんだ。僕と二本木さんで、制作局長を説得したんだからね」

「はい。頑張ります！」

と、サユリは力強く言った。

「よし。じゃ、早速今日から、細かい仕事は全部断って、発声練習や柔軟体操を始めてくれ。ワンクール、十三回の長丁場《ながちょうば》だからね、途中でへばられちゃ困る」

「でも……社長さんに相談しないと」

「松永さんかい？　もう局へ来てる。向うで、待ってるよ」

「社長さんが？」

と、サユリがびっくりしていると、二本木が言った。

「どうやらお出ましのようだよ」

「社長さん！」

松永という、サユリの所属しているプロダクションの社長は、見るからに「ヤクザ上り」という感じで、狡《ずる》がしこい目つきをしていた。

「おい、サユリ。よかったじゃないか」

と、サユリの肩を、ギュッとつかんで、「頑張れよ」

「はい！」

「村木京子を食っちまえ。一世一代のチャンスだ。今のレギュラー番組は全部降りて構わん。どうせたいした番組じゃなかったんだからな。俺《おれ》に任せろ。うまく断っておく」

「はい……」

サユリは、夢でも見ているような気分なのだろう。半ば呆然《ほうぜん》としているばかりだった。

「それにね——」

と、音田が言った。「もう早速明日から本読みだ」

「明日から？」

と、サユリは目を丸くした。

「うん。前にシナリオまでできてて、間際《まぎわ》で中止になったドラマなんだ。そのシナリオが使える。それに、村木京子が近々アメリカへ行くから、その前に三話まで撮ってしまいたい」

「分りました。で——シナリオは？」

「これだ」

と、音田が丸めた本を手渡して、「よく読んどいて。君の役は〈冬子〉だ。——ほら、出だしから、君の出番だろ」

「本当だわ……。こんなに長いセリフ！」

と、サユリがシナリオのページをめくって、目を見開いた。「こんなの覚えられるかしら」

「大丈夫。全部一度にとるわけじゃないからね」

「まあ、よく読んで、役柄をつかんどくんだな」

と、二本木が言った。

「はい」

サユリは、ページをめくって、食い入るように見入っている。

「そうだ、サユリ」

と、松永が、肩をポンと叩《たた》いて、「その前祝い、ってわけじゃないが、お前がこの役をやるというんで、俺が局長に頼んだ。ぜひ主題歌を歌わせてくれ、ってな」

サユリは、ゆっくりと顔を上げて、

「主題歌？　私がですか？」

「そうだ。このドラマの主題歌だよ。村木京子は、人気はあるが、歌の歌えるスターじゃない。局長もＯＫしてくれたよ。今、作詞作曲を誰に頼むか、選んでいるところだ」

「レコード……出るんですか」

「当り前だ」

と、松永は笑った。

「ドラマデビューとレコードデビューだ。たいしたもんじゃないか」

と、音田が言った。「ぜひ期待に応《こた》えてくれよ」

「はい……」

サユリの方は、まだピンと来ない様子だ。

「明日、九時から本読みをやるからね。遅れないでくれ」

音田が、二本木を促して歩いて行く。そして、少し行って振り返り、

「そうだ。明後日、このドラマの制作発表がある。松永さんから聞いてくれ」

と言うと、ちょっと笑顔になって、「いい格好、して来いよ」

――恋人の言い方になっていた。

「うん」

と、サユリが肯いた。

松永とサユリが残った。もちろん、私とホームズ氏も、だが。

「良かったな」

と、松永が、サユリに言って、「俺も力を入れて売り出す。お前も、その分、頑張るんだぞ」

「はい！」

力強く、サユリは言った。

松永は、私たちに気付いて、

「何だ。──話してたのか？」

と、サユリに訊いた。

「ええ、ちょっと……。すぐすみます」

「そうか。じゃ、俺は事務所へ帰ってる。今日の仕事が終ったら、寄れよ」

「分りました」

松永が歩いて行くのを、サユリは深々と頭を下げて見送っていた。そして、また腰をおろすと、

「夢みたい！」

と、呟いた。

「おめでとう。凄《すご》いチャンスね」

と、私は微笑《ほほえ》んで言った。

「ええ……。でも……こんなことって、ドラマの中でしかないと思ってたのに。――まさか本当に――」

サユリは、ふと我に返ったように、「いやだわ。水島さんのことを心配してたのに、自分のことで頭が一杯になって、忘れちゃってた」

「それは仕方ないわよ。お仕事、大変らしいじゃない。私たちが調べて、必要なときには連絡するわ」

「そうですか……。すみません」

と、サユリは、頭を下げた。

しっかりと、両手がそのシナリオをつかんでいた……。

「結構な話ではあるわね」

と、私はＴＶ局を出て歩きながら、ホームズ氏に言った。「ただ、サユリさんが狙《ねら》われていることには変りないんだけど」

ホームズ氏は、私の言葉が耳に入っているのかどうか、何やらパイプをくわえて、考え込んでいる。

「――どうかしたの?」

と、私が訊くと、ふと我に返ったように、

「ああ、いや失礼。聞いていなかったわけではないのですが。――確かに、あの娘《こ》にとっては、またとないチャンスだ」

「そう。事件を解決するためでも、あの子のチャンスをつぶすことはできないわ」

「それは分っています。しかし……」

「何か腑《ふ》に落ちないことでも?」

「私はああいう世界に詳しいわけではありませんがね」

と、ホームズ氏は首を振った。「しかし、他の番組で特別人気があったわけでもない女の子を、いきなり準主役に据え、主題歌を歌わせ、レコードも出す。――これは、少し運が良すぎると思いませんか」

私はホームズ氏を見て、

「それはどういう意味?」

「いや、それはあり得ないことではありません。私はむしろ、他に気になっていることがあるんです」

「何かしら？」

「なぜ、双葉サユリが狙われたのか、ということです」

「それは、P国の、あのガレスという大統領の命令でしょう」

「おそらくね。しかし、その山村にいた日本人の娘の名を、どうして知ったのか……」

私も、その点は考えてみなかった。——確かに、言われてみればその通りだ。

「TV番組の出演者というのなら、外部の人間でも簡単に調べられるかもしれませんが、スタッフとなると、そうみんなが知っているというわけではないでしょう」

ホームズ氏は、続けて、「もちろん、入国出国の記録はあるわけだから、向うがその気になれば調べられないわけはない。しかし、ああいう仕事についている人たちがいつどこにいるかまでは、なかなかつかめないと思いますね」

「というと……」

「誰か、あの五人の中に、知らせた人間がいるのではないか、ということです」

「まあ」

と、私は言った。「でも……。何のために？　何か利益があるのかしら？」

「それは分りません」

ホームズ氏は首を振った。「しかし、単純に独裁者の雇《やと》った殺人者と、目撃者という図式でないことは確かでしょうな」

私は肯いた。

「サユリさんは別としても……。二本木が狙われたというのも本人だけの話ですものね」

「本当なら、ああいうタイプの男は、もっとびくびくしているのではないですかね。サユリと話している時など、狙われた事はすっかり忘れてしまっているようだ」

「それもそうね。後はカメラマンの大崎と助手の水島、殺された神原……。でも、死体が見つかったという記事なんか、出ないわね、一向《いっこう》に」

「それは奇妙だと思いませんか？　人間の死体を一つ始末するというのは容易ではないはずです」

「じゃあ……」

「神原という男ですが、おそらく生きているのではないでしょうかね。大崎としめし合せて、殺されたふりをした……」

「でも――何のために？」

「さあ、それは分りません」

ホームズ氏は、何となく楽しげだった。「いや、どうも悪い性格だな。わけの分らないことがふえてくると、体の調子がよくなるのですよ。今日は一つ、第九号棟へ戻って、愛用のストラディバリでも奏《かな》でますかな」

私は、今夜は自宅にいようと思った。――何しろ、ホームズ氏のヴァイオリンと来たら……まあ、名探偵は往々にして風変りなものだ。多少のことは我慢しないとね。

私たちはTV局の、だだっ広い駐車場を通り抜けていた。表の通りへ出るのに、これが近道なのだ。

――すると、後ろから、

「何だってのよ！」

と、女の甲高《かんだか》い声が追いかけるように近付いて来た。「私を誰だと思ってんの！」

振り向くと、かなり派手なスタイルの、髪を赤く染めた女が、追いすがる男を振り切って、カンカンに怒っているという構図。

「ねえ、仕方ないじゃないか。これは上の方からの――」

「上だって下だって、私と何の関係があるの？　私は女優よ！　誰に雇われてるんでもないわ！」

あ、と思った。――さっき、あの二本木とかいう男が言っていた、村木京子だ。サユリの出るドラマで、主役をやることになっているということだが……。

「あんな素人《しろうと》の女の子が、どうして私と対等の役なのよ！」

「いや、主役は君だよ。決ってるじゃないか。ただ局の方の都合で――」

と、しきりになだめているのは、どうやらマネージャーだろう。

「どういう都合だかうかがいたいもんね！」

と、村木京子は、マネージャーに今にもかみつかんばかりの勢いだった。「第一回のシナリオを見た？　あの子の方が三つもセリフが多いのよ。こんなことってある？」

「その辺は何とでもなるじゃないか。ライターに言って、手直しさせるから。――ね、そうカッカしないで」

「それならいいわ」

村木京子は、ケロリとして、「でも、絶対にあの子のセリフが私より多くならないようにしてよ！」

「うん、大丈夫。いざとなりゃ、現場で切っちまえばいいんだから。――ともかく打ち合せの席に戻ってくれよ」

「それともう一つ。主題歌は別の人に歌わせること」

「それは――」

と、マネージャーも詰って、「僕の力がどうにも――」

「私の意向よ。それを伝えてくれればいいの」

「そりゃ伝えるけど、しかし、君は歌えないんじゃないか」

「そんなこと関係ないわ。ともかく主題歌をあの子が歌えば、見てる人はみんな、あの子が主役だと思うわよ。そんなこと、許せると思う？」

「そりゃ分るけど――」

「分るのなら、主題歌は別の人に歌わせること」

マネージャーは肩をすくめて、

「分った、やってみるよ」

と、言った。「ともかく戻ってくれるだろう」

「いいわよ。ちょっと散歩したかっただけだから」

村木京子は、平然とＴＶ局の方へ戻って行く。――私はそれを見送って、

「たいしたもんね」

と、言った。「セリフの数を数えてるのね、ああいう人って」

「プライドが高いのですな」

と、ホームズ氏は面白そうに、「しかし、あの女優の機嫌をそこねてまで、なぜTV局は双葉サユリを使うことにこだわっているんでしょうね」

「それはそうね。——何か、裏がある、ということ？」

「可能性があるとは思いませんか」

私は、ゆっくりと肯いた。

6　優しい微笑

「本番！」

と、声がして、ハッとサユリは顔を上げた。

「すみません！　どこかしら？　私、ちょっと居眠りを――」

キョロキョロ辺《あた》りを見回して……。あれ、と思った。

夢かな。――ここは、どうみてもTV局のスタジオではない。

二四時間営業のチェーンレストラン。その奥の方の席で、サユリは、寝入っていたのである。

「セットでもないし……。あら、もう朝」

表を見て、少し明るくなりかけているのでびっくりした。――確か、ここへ入ったのは夜中の一時ごろだったのに。

アーア、と欠伸《あくび》していると、眠そうな顔のウエイターがやって来た。

「コーヒーでも飲みますか?」

「ええ。――すみません。私、コーヒー一杯で今まで寝てたのね」

「いや、夜中はそんな人ばっかりですから」

と、ウエイターは笑った。

「そう?――お腹、すいちゃった。何か食べるもの、作れますか」

「サンドイッチかカレーしかありませんけど」

カレー、というと、神原が死んだのを思い出してしまう。

「じゃ、サンドイッチ」

と、言ってから、「いえ――カレーにして下さい」

と言い直す。

「分りました」

ウエイターは伝票を取って、「お連れの方も?」

「え?」

サユリは、そう言われて、初めて向いの席に、水のコップが置いてあるのに目を止めた。――誰《だれ》だろう?

いくら考えても、ここへは一人で入ったような気がする。それとも、二本木か音田と来たのだったろうか？

ともかく、コーヒーをもらってガブガブ飲むと、少し頭がスッキリして来た。

疲れてはいたが、快い疲れだった。——本読み、リハーサル、本番。

この一週間ほどの忙しさと来たら！

ともかく、何から何まで、新しいことの連続だった。——もちろん、サユリも、タレントとして、ドラマ作りを眺めたりしたことはある。しかし、いざ自分でやる段になると、まるで小学校へ入ったばかりの子供みたいで、見なれた局の中も、初めての場所のように見えるのだった。

しかし、充実していた。ドラマの準主役！　しかも、主題歌が歌える。

主演の村木京子が露骨にいやな顔をしていたのだが、二本木も音田もサユリを推《お》してくれて、結局、サユリが歌うことになったのだ。

そのおかげで、歌のレッスンも入るので、ますます忙しいのだが、体調は極めて良かった。この倍のレッスンだって、こなせる、という気がした。

それでも、疲れていることには変りないのだろう。こうして、帰りに寄ったレストランで眠ってしまうくらいだから。

明日は——いや、今日は確か、お昼からインタビューがある。それまでは自由なはずだ。アパートへ帰ったら、少し寝ておこう。――カレーが来た。

「ありがとう」

サユリは、ためらいもなく、食べ始めた。何も怖くない、という気分だった。

誰かが、目の前に座った。――顔を上げてサユリは、しばらくポカンとしていた。

「やあ。起きたね」

日本語は、大分上達していた。

「パコ……。やっぱり、あなただったのね」

優しい目が、笑っていた。――サユリは、やっと笑顔になると、

「びっくりしたわ!」

と、言った。

「僕も。TV局で会ったとき、びっくりした」

「だって、私がTVの仕事してるの、知ってたでしょう?」

「でも日本は人口が多い。絶対に、知っている人に会わない、と思った」

「そんなことないわよ」

と、サユリは笑った。「あなた――いつからここに?」

「一時間くらい。……外から見た。あなたが寝てたから」

「起こしてくれればよかったのに。——何か食べたら？」

「うん。お腹、空《す》いてる。——ちょっと！　カレー、大盛り！」

サユリは、それを聞いて笑ってしまった。

「感じ、出てるわ」

「いつも近所のラーメン屋でやってるよ」

パコは、真顔で言った。「無事で良かった。心配してた」

「そう……。あなたも、よく逃げられたわね」

「僕はすばしこいから。——でも、村の人たちは、逃げられなかった」

サユリは、食べる手を止めた。

「——どうかした？」

と、パコが訊《き》いた。

「思い出すと……恥ずかしくなるの。あんな風に死んでいく人たちがいるのに、私は、こんなことをやってる……」

「それは違うよ」

と、パコが首を振った。「あなたの生活は大切だ。でも、その気持は、とても嬉《うれ》しいよ」

「ありがとう」

サユリは、気をつかってくれているパコの優しさを感じて、言った。「でも――あのときのスタッフが、狙《ねら》われてるのよ」

「何だって？」

「一人は死んだわ。一人はまだ行方不明。私も危かったけど、助けられて」

「知らなかった。――狙ったのは？」

「日本人。たぶん雇われた人だろうって」

「ガレスだ」

と、パコは言った。「あの時、軍隊を指揮していた男だ」

「知ってるわ。私、見たもの」

サユリは言った。「クーデターを起こして、今、大統領なんでしょう？」

パコは、ちょっと無理に笑顔を見せて、

「――あなたのためだ。早く忘れた方がいい。僕はどうなってもいいけど」

「忘れられるものじゃないわ。忘れたいとも思わない。――ねえ、日本へなぜ来たの？」

パコは、ちょっと肩をすくめた。

「国にいられなくなった。それだけ。捕まる前に、逃げて来た」

「あなたは、ゲリラか何かだったの？」

パコはサユリに、

「シッ！」

と、鋭く言って、「大きな声を出しちゃいけない。どこで見張ってるか分らないからね」

「ごめんなさい。でも……」

「あの国じゃ、ゲリラでなくても、ちょっとでも反抗的なら、逮捕されるんだ」

「でも……」

「僕は、今、アルバイトで暮してる。あの、エキストラもその一つ。今日も、その仕事があった」

「そう。——じゃ、時々来ているの？」

「週に二日ぐらい。あなたの姿も、三回見かけた」

「声をかけてくれればいいのに」

「その本、夢中で見てたから」

と、パコは、サユリが置いたシナリオに目をやった。

もう、ボロボロになっている。

「そう。――急に大きな役が回って来て、大変なの」

「知ってる。みんな、評判してるよ」

サユリは、ちょっと笑った。――でも、パコの日本語を、いちいち訂正してやろうとは思わなかった。自然のままの言葉の方が、ずっと温い……。

「でも、不安よ」

と、サユリは言った。「自分にできるかな、って思うと」

「不安？――ファン？　僕はあなたの大ファン」

サユリは吹き出した。

「あなたも、ダジャレが言えるようになればたいしたもんだわ」

――二人は、一緒に食事をして、あれこれと語り合った。

サユリは、パコの両親が早く亡くなっていること、あの村に親戚《しんせき》がいて、ちょうど訪ねて行ったのだということを知った。

「もう、僕の親戚は一人もいない」

と、パコは首を振った。

「そう……」

「僕が死んでも、別に悲しむ人はいないよ。気が楽だ」

「そんなこと言わないで」

サユリは、思わず、パコの手をつかんだ。自分でも、どうしてだかよく分らないけど涙が出て来てしまった。

よく若者が、同じ言葉を口にするけれど、それはたいてい、すねたり甘えたりしているだけなのだ。しかし、パコの場合は違う。

彼の場合は、本当に一人ぼっちなのだ。

「泣かないで」

と、パコは困ったように言った。

「ごめんなさい……。私、何だかよく分らないけど……」

サユリは涙を拭《ぬぐ》った。「――でも、パコ、もしあなたが死んだりしたら、私、とても悲しいわ。とっても！」

「――ありがとう」

パコは、ゆっくりと肯《うなず》いて、言った。「ありがとう」

二人の手は、重なったままだった。

サユリは、ふと顔を赤らめて、そっと手を引くと、表の方へ目をやった。

「もうすっかり朝になっちゃった。――パコ、今、どこに住んでるの？」

「この近くのアパート、立って寝なきゃいけないくらい、狭いよ」

「まあ」

と、サユリは、笑った。「一度、私のアパートにも遊びに来て」

「ありがとう。でも――」

「女の子の所には行かないの？」

「そうじゃない。僕の国では、とってもオープンに付き合ってる」

「じゃ、恋人でもいるの？」

「あなたは、スターだから。カメラマンに撮られる」

「また！　オーバーねえ」

サユリは呆《あき》れて、「まだ誰も私のことなんか知らないわよ」

二人は、レストランを出た。払いは別々だった。サユリだって、まだギャラなんかもらっていないのだ。

「――あなたのことが心配だ」

と、外へ出て、パコが言った。「また狙われることがあったら……」

「大丈夫。私、ボディガードがついてるの」

と、サユリが周囲を見回した。

そのとき、パッとまぶしい光が二人に浴びせられた。サユリはポカンとして突っ立っていた。

カメラマンが、オートバイに飛び乗って、ブルル、と走り去って行く。

「まあ！」

と、思わず言った。「本当にカメラマンに撮られたわ！」

「面目ありません」

と、ダルタニアンが、悔《くや》しげに言った。「彼女があの若者と楽しげにしているので、つい、遠慮して離れた所から見ていたのです。もう少し近くにいれば、あのカメラマン、串刺《くしざ》しにしてやったのに」

「いいわよ」

と、私は苦笑した。

「ダルタニアンも人間だ。時にはこういうこともあるさ」

と、ホームズ氏が言った。

「いや、もしあれがカメラでなく、拳銃《けんじゅう》だったら、今ごろあの子の命はなかったのですから」

その点は、確かにダルタニアンの言う通りだ。——私は、サユリの方へ向いて、

「写真を撮られたこと、他の人には？」

と訊いた。

「はい。やっぱり、社長さんには一応……」

「何て言ってた？」

「たいして気にしてないんです。『人気が出て来た証拠だ』とか笑ってるだけで」

「すると、写真が載るのを、止めるのは無理だな」

と、ホームズ氏が肯く。

「大体、どの雑誌かも分らないんですもの」

——ここは私の屋敷。

サユリは、大分疲れているようで、私の車でここまで来る間にも、

「眠っていいわよ」

と言うと、たちまち寝入ってしまった。

しかし、寝不足で疲れているとはいっても、その目には、輝きがあり、体中から、熱いものを発散しているようだった。

やはり人間、自分の夢が叶《かな》うとなれば、いつもの何倍ものエネルギーが湧《わ》いて来るものなのだろう。

「私は別に構わないんです」

と、サユリは言った。「これが、ホテルから出て来たとかいうんだと、いくらか問題になるかもしれませんけど、二四時間営業のレストランじゃ……」

「それもそうね」

「むしろ、心配なのは、彼氏のことだね？」

とホームズ氏が訊くと、サユリが肯いた。

「そうなんです。パコの顔が出たら……。あの人、何か危い目に遭うんじゃないかと思って」

「もし、あなたを狙った日本人たちが、そのパコっていう人も狙ってるとすれば……」

「いや、それはないでしょう」

と、ホームズ氏が言った。「そのパコという青年が日本にいるのを、おそらく、連中は知らない。知っていれば放っておかないからね。――その写真が載ることで、彼が日本にいるのだと知られてしまう」

「パコは何と言ってるの?」

「心配そうでした。でも、私が謝《あやま》ると『誰も僕の顔なんか知らないよ』と笑っていましたけど」

「ふむ……」

ホームズ氏は、新聞を広げた。「今日の記事によると、ガレス大統領の来日は、ちょうど一週間後だ」

——みんなが、それぞれに考え込みながら、黙り込んだ。すると、ピッ、ピッという甲高い音がした。

「あ、いけない!」

と、サユリは飛び上った。「私、もう行かないと。——すみません」

「いいのよ。お仕事、頑張って」

「はい!」

「ダルタニアン、頼むわよ」

「ご心配なく」

と、ダルタニアンは一礼して、サユリと一緒に出て行った。

「——どう思う?」

と、私は言った。「ガレスの来日と、この事件。どう関連してるのかしら？」

「関連しているのは確かですが」

と、ホームズ氏は、ゆっくりとパイプをくゆらせた。「『この事件と』ではなく、『事件が起らないことと』でしょうな」

「どういう意味？」

私は眉《まゆ》を寄せた。名探偵の言うことは、全く分りにくいのだ。

「サユリが狙われた。まあ二本木の場合は、車にひかれかけたということだが、これはただの酔っ払い運転かもしれない。神原が毒を盛られて死んだというのは、死体が未《いま》だに出ないことを考えると、怪しいものだという気がする。水島の失踪《しっそう》、そしてアパートのガス爆発……」

「事件らしきものは続いてるけど」

「らしきものは、ね。——しかし、実際に狙われたとはっきり分っているのは、双葉サユリだけです」

私も、その点は考えていた。

「どういうことだと思う？」

「それに、不思議なのは、今や双葉サユリがすっかり忙しくなって、これだけ派手に動き回っているのに、誰も狙って来なくなった、ということです」

「狙ったのはカメラマンだけ、か」

「さよう。——本来なら、ガレス大統領の来日を控えて、サユリを殺そうとした連中の動きが活発になってもいいのです。しかし、実際には、逆だ」

「却《かえ》って心配ね」

「今度のパコという若者の写真が出て、どう向うが出て来るか。——それである程度はつかめるでしょう」

と、ホームズ氏は言った。

「何か考えはあるんでしょ？」

私も、大分ホームズ氏とも付き合って来ている。たいてい考えていることはピンとくるのだ。

「——おそらく、可能性が高いのは、向うがやり方を変えた、ということです」

「つまり——」

「双葉サユリを撃とうとして、誤って、他の人間を殺してしまった」

「歌手の牧野進ね」

「それで、向うの考えが変ったのでしょう。下手に騒がれて、黒幕がP国にあると分っては困る。そこで方針を変えた。――おそらく間違いありますまい」

「方針を変えた――どう変えたの？」

「それは分りません」

と、ホームズ氏は言った。「しかし、今、ボディガードを付けた方がいいのは、双葉サユリより、むしろパコという若者の方でしょうな」

私は肯いた。

「でも、ダルタニアンはサユリに付きっきりだし……。誰か適任者はいるかしら？」

第九号棟には、歴史上のたいていの有名人が揃《そろ》っているが、ダルタニアンのように、本当に腕も立つ者は少ない。

いくら気分上、アル・カポネやワイアット・アープでも、実際に腕っ節が強くなければ仕方ないのである。

「ああ、そうだ」

と、私は言った。「あの人がいいわ！」

7　アニーよムチを取れ

「キャーッ！」

と、女の子が悲鳴を上げると、襲いかかった男が、コロンと転った。

「おい、だめだよ」

と、カメラの横に立っていたディレクターが、うんざりしたような声を出す。「やり直し、やり直し。——ねえ、君が悲鳴を上げちゃしょうがないんだよ」

頭をかいているセーラー服の女の子は、連続もののTVドラマの主役。ほんの三か月前までは、休みの日に原宿辺りをぶらついていた普通の女の子だったのである。

それが、プロダクションの人間の目に止ってスカウトされ、あれよあれよという間に、アイドルに仕立てられ、このドラマの主役。

ドラマといっても、空手《からて》の達人の少女が、セーラー服姿で世の悪を正していくという……、まあ、どこを捜してもリアリティのひとかけらも出てこないという代物《しろもの》である。

「ね、君は空手の達人なんだ。パッと飛びかかられたからって、キャーッっていって頭かかえてんじゃ、やっつけられないだろ」

ディレクターも汗をかきかき、大変なのである。

「でも、びっくりしちゃって……。急にワッて出て来るんだもん」

「そりゃ、のんびり出て来たら迫力ないからね。そうだろ?」

子供に言いきかせる、という感じである。

「はあい」

と、返事は素直で、いい子ではあるのだろう。

ロケを見つけて寄ってきたファンにも、手を振ったりしている。

「大変ねえ」

と、眺めていたサユリが思わず苦笑いして呟《つぶや》いた。

今の若い子は——なんてサユリが言うとおかしいが——カメラに向ってニッコリ笑って見せたり、Vサインを出して見せるのは、ほとんど教えられなくてもできるのだが、いざ、お芝居や歌となると、まさに学芸会、という子が少なくない。本当なら、それこそが本業なのだから、いくら可愛い笑顔をしてるといっても、とてもドラマの主役をやるなんて、無理な話なのだ。

ずっとカメラに向って笑っているだけの役ならいいかもしれないけど……。

しかし、それでも何とかやってしまうのがTVという世界の恐ろしさだ。

「よし！　それじゃもう一回」

ディレクターの、かんで含めるような説明を、アイドルはやっとのみ込んだらしい。

大体設定がめちゃくちゃで、新宿の超高層ビルの下を歩いている主人公に、この昼日中、なぜか突然「刺客《しかく》」が襲いかかる、というのだ……。

「はい、スタート！」

と、ディレクターが叫ぶ。

サユリは、宣伝用のスチール写真をとりにこの近くに来ていた。一段落して、食事をした後、このロケを見に来たのである。

この主人公にやられる役で、パコが出ていたからだ。

怪しげな外国人、という役なのか、少々退屈そうな顔で控えているパコに、サユリは手を振った。パコも気付いて、ニッコリ笑う。

サユリは、パコのその笑顔を見ると、なぜかホッとした。

「行け！」

と、ディレクターの声がかかる。

もう一人の「やられ役」が、主人公の少女に襲いかかる。少女が、パッと振り向き、

「エイッ！」

と足を振り上げると、どう見ても、足は五十センチぐらいしか上っていないのだが、
相手は、ウッとのけぞり、大げさに引っくり返る、が——。

「キャッ！」

足を上げた少女まで、バランスを崩して引っくり返ってしまった。ドシンと尻《しり》もちをつき、

「痛い！——痛いよ！」

と、泣きべそをかく。

あわててマネージャーが駆けつけた。

「やれやれ……」

ディレクターがため息をついた。「ま、いいや。今のを、うまく編集して使おう」

結局、アイドルの「負傷」で、撮影は十五分間、お休みになった。

サユリは、パコの方へ歩いて行った。

「珍しいね」

と、パコが嬉《うれ》しそうに、「どうしてこんな所に？」

「仕事で近くに来てるの」

と、サユリは言った。「出番は？」

「この次にやられるよ」

と、パコは真面目《まじめ》くさって言った。

「大変ね、あの子にやられるっていうのも」

「あの歩道橋から落っこちるんだ」

サユリは目を丸くした。

「危いじゃないの！」

「大丈夫。ちゃんと、すぐ下にネットを張るから」

「だけど……。本当に大丈夫なの？」

「もう何度もやったよ」

と、パコが言って笑った。「身が軽いから、よく頼まれる。いいお金になる」

「ならいいけど……。気をつけてね」

サユリは、パコの腕に、ちょっと手を触れた。二人で目が合うと、サユリは赤くなった。

変だわ。別に汚《けが》れない乙女ってわけでもないのに……。ちょっと手が触れただけで、ドキドキする。

こんな気持になったのは、初めてだった。音田との付き合いでも、それなりに楽しいことはあったが……。

「おい、頼むよ」

と、パコの方へ声がかかった。

「じゃ、一丁、やって来るよ」

パコが、いかにもそれらしい口調で言ったので、サユリはクスッと笑って、

「見てるわ。頑張って！」

ポン、と肩を叩《たた》いた。

「ネットから飛び出さないように気をつけるよ」

と、パコも笑顔で答えて、歩いて行く。

本当に――とサユリは思った。あの人はどうしてあんな美しい、優しい笑顔になれるんだろう？　あんなひどい目にあっていながら、どうして彼の目は温いのだろう？

不思議だった。ただ、その温いまなざしの奥には、深い悲しみが、霧の奥の湖のよ

うに、静かに眠っているのかもしれない。

パコは、ディレクターの説明に、熱心に耳を傾けて、手ぶり身ぶりで、手順ややり方を訊《き》いているようだった。

何しろ相手がまるきりの素人《しろうと》なのだから、こっちが充分に気をつけてやるしかないのだろう。

「——おい、サユリ」

振り向くと、二本木がやって来た。「そろそろ出かけるぞ」

「ちょっと待って下さい。ほんの五分」

「ああ、いいけど……。何をそんなに熱心に見てるんだ?」

と、二本木も並んで眺めて、「何だ、例の少女アクションものか。君はこんなのとは違うんだぞ」

「でも、あの子も一生懸命やってはいますよ」

と、同様に、初の大役で苦労しているサユリとしては、ついあの女の子をかばってやりたくもなるのだった。

「——よし! 行くぞ!」

ディレクターが声を張り上げた。一人で元気を出そうとしている感じだ。

待機《たいき》しているパコは、スタートラインに立った短距離選手みたいだった。

「ちょっと、待って！」

と、主役の女の子が、陸橋の上に立つ。

「よし。――じゃ、本番行くからね！」

と、ディレクターは言って、手を上げて見せた。

カメラマンが、何やらディレクターに耳打ちした。ディレクターは憤然として、

「おい！　ガムをかんでちゃだめだ！」

と怒鳴《どな》った。

「ごめんなさい！　忘れてた！」

と、少女が、ガムを出して、ペロッと舌を出す。

ディレクターはため息をついた……。

「気の毒に」

と、二本木が笑いをかみ殺している。

さて、いよいよ本番。――少女が、陸橋の手すりに、手をのせながら歩いて行く。

陸橋の真中辺りに、パコが落ちるのを受け止めるネットが張ってある。頼りなく見えるが、かなり丈夫なものだ。

ディレクターが、タイミングを計って、

「行け！」

と叫んだ。

パコが、ダッと駆け出す。当り前にぶつかれば、少女はアッサリ吹っ飛ぶだろう。

少女が、今度はうまいタイミングでパッと振り向くと、頭を下げる。パコが、ポンと飛んで、手すりを飛び越えた。そしてネットに――。

バン、と音がした。ネットをとめてあったワイヤーが切れたのだ。パコの体を受け止めたネットが、ガクッと傾いた。

「危い！」

サユリは息を呑《の》んだ。落ちれば下は車が次々に通っているのだ。

転り落ちそうになったパコが、ネットに指をかけてぶら下った。――キャーッという悲鳴があちこちで上った。

「パコ！」

サユリが駆け出す。

ネットが、音をたてて裂け始めた。

「おい、引張って上げろ！」

と、ディレクターが、やっと叫んだが、とても間に合わない！

その時——ヒュッと風を切る音がして、長いロープのようなものが、パコの手首に巻きついた。

「つかまって！」

と、女が叫んだ。

サユリは、目をみはった。——ムチなのだ。革の、長いムチが、パコの手首に巻きついている。

ムチを飛ばしたのは、ジーンズ姿の若い女だった。手もとの方で、ムチを手早く陸橋の手すりに巻きつける。

次の瞬間、ネットがガタッと外れて、丸ごと下の道路へ落ち、パコの体は、そのムチ一本で、宙にぶら下った。ネットの上を、大型トラックが駆け抜ける。

パコは、そのムチをつかむと、自分の力で、少しずつ上り始めた。

上では、その女一人が、手すりに足をかけ、パコの体を支えていた。

「早く助けろ！　馬鹿《ばか》！」

ディレクターの声で、やっと助手たちが駆けつけた。五、六人がかりで、たちまちパコの体は引き上げられる。

「パコ！」

サユリは、駆け寄った。

パコは、地べたに座り込んで、さすがに息を切らしている。そして、サユリの顔を見ると、ニッコリ笑って言った。

「ジャッキー・チェンより凄《すご》い？」

「――もう！　呑気《のんき》なこと言って！」

サユリは、思わず、パコの肩をこづいた。目から涙が溢《あふ》れそうになる。

「――おい！」

と、ディレクターが怒鳴っている。「どこだ！」

「ここですよ」

と、助手が、パコのことを指さすと、

「そいつじゃない！　今、ムチを使ってた女だ！」

「さあ……」

そういえばそうだ。――サユリは、周囲を見回した。

「もういませんよ」

と、声がした。

「あら——」

ダルタニアンが立っていたのだ。

「彼女は、もうどこかに姿を隠してます」

「ご存知の人？」

「我らの仲間です」

と、ダルタニアンはニッコリ笑った。「アニー・オークリーです」

「アニー……？」

サユリに、かつてのミュージカル映画「アニーよ銃をとれ」を知っていろ、といっても、無理な話だろう。

「ま、いいです」

と、ダルタニアンも承知していて、「ともかく、彼女、ムチを扱わせると天下一品ですからね。パコ君の護衛には、うってつけでしょう」

「まあ！　それじゃ……」

「いやいや」

サユリは、胸が一杯になって、「ありがとうございます」

「ただ……」

「何です？」

「女の人だけど——大丈夫ですか？　あの人に言い寄ったりしません？」

女心の微妙さである。


「じゃ、わざとネットを落とそうとした人間がいるわけね」

と、私は言った。

「そうなんです」

と、サユリは言った。「TV局の食堂で、小道具の人が話をしていました」

「つまり、あの若者の命を狙《ねら》った奴《やつ》がいる、というわけか」

ホームズ氏が肯《うなず》く。

私の車の中である。——今夜は、サユリも久しぶりの休みだった。夜だけ休み、というのも当り前みたいだが、売れっ子となると、半日の休みでも、なかなか取れないらしい。

「雨ですね」

運転している大川一江が言った。ワイパーが動き始める。

「もう、遠くないわ」

と、私は言った。

「何だかワクワクしちゃう」

と、サユリが嬉しそうに言った。

私の別荘へ向っているのだ。――あの第九号棟と、トンネルでつながっている別荘である。

サユリがぜひ一度見たいというので、第九号棟へ招待しようということになったのだ。もちろん、これは秘密を守れる人間に限られる。

ほとんど人家のない道をしばらく行って、車は林の中へ入る。そこを切り拓《ひら》いて、別荘がある。

「――さ、降りて」

私は、車を先に出て、別荘の玄関へと来た。大川一江が、続いて来て、鍵《かぎ》をあける。

中の明りが点《つ》くと、真新しいとは思えない古びた造りの別荘の内部に、サユリは、感心したように声を上げた。

「――異常ないようね」

と、私は言った。「じゃ、一江さんはここで待っていて」

「かしこまりました」

「食事の仕度をね」

「戻られるまでに用意しておきます」

私は、サユリを促して、小部屋へ入って行った。もちろん、ホームズ氏も一緒だ。

「ここ……？」

と、サユリが不思議そうに、小部屋の中を見回した。

「この中が出入口なの」

私は、洋服ダンスの扉を開けた。もちろん、ちゃんと洋服が並んでいる。その奥の板を、ちょっとした細工で開けると、地下道への階段に入れる。

「凄い！」

「——驚くのは、まだ早いわよ」

と、私は先に、洋服ダンスの中を通過して、階段を下りて行った。

前にはいかにも素朴な（？）抜け穴だったこの通路も、今は立派な廊下と呼んでもいい。しかも、天井や壁には絵が描かれている。

「この絵は？」

と、歩きながら、サユリが訊いた。

「ピカソなの」

「ピカソ?」

ピカソぐらいは、サユリも知っていたようだ。

「もちろん、第九号棟にいるピカソよ。でも、なかなか本物らしいでしょ?」

「それで困ってるんですよ、忘れてたが」

と、ホームズ氏が言った。

「どうしたの?」

「ミケランジェロが、居間の天井に絵を描かせろと言い出しましてね。ピカソとケンカしています」

「あらあら。ミケランジェロとピカソじゃ、比べようがないわね」

と、私は笑った。

第九号棟の地下室への石の戸を持ち上げると、いつもの通り、エドモン・ダンテス――このトンネルの「製作者」だ――が、髪もひげものび放題のまま、座り込んでいた。

「おや、新顔ですな」

と、サユリを見て言った。

「――初めまして」

と、サユリが頭を下げると、

「君は誰《だれ》？　ナイチンゲールはもういるよ」

「この人は双葉サユリさんよ」

と、私が言うと、ダンテスは首をかしげて、

「そんな女性がいましたか？　日本に双葉山ってスモウの選手はいたらしいが」

「若い女性に何てこと言うの。――サユリさん、どうぞ」

ひとまず、サユリをサロンへ案内して行く。――サユリは、次々に紹介される、「有名人」たちに、すっかり興奮している様子だった。

サロンでは、ベートーヴェンがチャーチルとチェスをやって、いつもの通り、負けて頭をかきむしっている。何しろ短気なので、すぐ「負けだ！　もう一度！」と叫んでじまうのである。「こんなゲームじゃなくて、もっといいのはないのか！」

と、「第九」（交響曲のことだ）のテーマのメロディで歌ったりしている。

「――面白い場所でしょ？　少しうるさいけど」

と、私は言った。

「いいえ……。こんなに爽《さわ》やかな場所って初めて」

と、サユリが言った。

「爽やか？」

「ええ。何ていうか……。みなさん、自分を偽っていないんですもの。純粋に自分自身で……。すばらしいわ」

こういう感想を洩《も》らしたのは、サユリが初めてだろう。――私は、サユリに、逆に、この上なく爽やかなものを感じた。

「やあ、いらっしゃい」

いつもながら、ダルタニアンは神出鬼没《しんしゅつきぼつ》である。「ここなら安心。――もっとも、ドン・ファンやカサノバに口説《くど》かれないようにご用心」

「いつも、すみません」

と、サユリは言った。

「――ガレス大統領の来日は四日後だ」

と、ホームズ氏は言った。「今、日程がどうなっているか、当らせています」

「分るの？」

「何しろ、今回はP国としても、日本の援助をあてにして来るのですからな。そう秘密行動ばかり取れない」

「パコは、何も言っていない？」

と、私は訊いた。

「ええ。――私には何も」

と、サユリは首を振った。

果して、パコという若者、本当にただ、日本へ逃げて来ただけなのだろうか？　そ
れとも日本へガレスが来るのを知っていて、やって来たのか。

「パコ、何かやるでしょうか」

「分らないけど、可能性はあると思うわ」

と、私は言った。

「――失礼」

と、声をかけて来たのは、ヴィクトリア女王である。

「これはどうも。お元気ですか？」

と、私は、一応丁重に対応する。

「まあね。――一国の女王というのは、骨が折れるわ」

と、ヴィクトリア女王は大きな体を揺すって、「そうそう。つい最近入ってきた人
が、ぜひ力を借りたいって」

「どなたです？」

「あの男よ」

——入って来た男を見て、声を上げたのは、サユリだった。

「水島さん！」

「サユリ君！」

相手も、唖然《あぜん》とした様子だったが、「君もここへ入れられたのか！　畜生！」

と、悔しげに言った。

「入れられた？」

「そうだとも。あの大崎の奴に——」

「大崎さんが？」

「そうさ。君——それじゃ、どうしてここにいるんだ？」

「私は……一度見たかったから、連れて来てもらったの」

サユリの言葉に、水島は目をパチクリさせていた……。

8　生きていた男

「そうだったのか」

私とサユリの話を聞いた水島は、すっかり元気を取り戻した。

「でも、本当に運が良かったわ、ここに入れられて」

と、サユリが妙なことを喜んでいる。

「それはそう不思議でもないのよ」

と、私は言った。「ここのように、ずっと入ったきり出られない人ばかり入れられている病院というのは、そう近くにはないものね。結構、知ってる顔に出会うことだってあるのよ」

「しかし、大崎の奴《やつ》、まさかここから自由に出入りできるとは思ってもいないんだ」

と、水島が深呼吸して、「出てって、やっつけてやる！」

「まあ、待ちたまえ」

と、ホームズ氏が言った。「君の気持はよく分る。しかしね、ここにいるはずの君がノコノコ出て行って、大崎の前に姿を見せたら、ここと外をつないだトンネルの存在が、病院側へ知れてしまう恐れがある」

「あ、そうか」

「ここを出るなら、あくまで入れた人間が、自分で申し出て、引き取らなくてはいけないんだ」

「そりゃ困ったな。大崎が進んで出しに来てくれるとは思えないし……」

と、また水島が頭をかかえる。

「――こっそり出ることはできるのよ」

と、私は言った。「だから、いざ、という時には出られると思って安心して。それよりも、私たちに事情を話してほしいの。どうしてここへ入れられたの？」

「いや――何だかよく分りませんよ」

と、水島は首を振った。「九州へ行くからっていうんで、急いで仕度をしてアパートを出たんです。車で大崎が迎えに来て……。車の中で、喉《のど》が渇《かわ》いただろう、って言われて、コーラをもらって飲んだんです。そしたら、少しして、ボーッとなってしまって」

「薬が入ってたのね。大体みんな同じ手よ。それで気がついたら、ここに?」

「そういうことです」

水島が肯《うなず》く。

「でもなぜ大崎さんがあなたを?」

と、サユリが言った。

「知らないよ。ともかく大崎がやったには違いない」

「ただ、あなたが、あの村の出来事を見たからかしら? でも、それを言うなら、二本木さんもそうね」

「神原君のこともだ」

と、水島が言った。「おかしいと思わないか? 死んだのなら、なぜ死体が出て来ないんだ?」

「それは変だな、と思ってたの」

と、サユリが肯いて、「それに、あの時、みんな動転して、神原君が死んでるって確かめもしなかったわ。大崎さんがそう言っただけ」

「そこだよ。僕もね、神原君は生きてると思ってる」

「じゃ、なぜ出て来ないのかしら?」

「あの時、ルームサービスのワゴンを受け取ってサインしたのは大崎だ。カレーの中にやっぱり僕と同じように薬を入れたんだよ、きっと」

「そうね。薬の味が分らないように、カレーを取れってすすめたんだわ」

「もっと早く気がつくべきだったよ」

と、水島が悔しそうに言った。「大体、もし本当にあそこで、神原君の死体を始末しなきゃいけないんだったら、大崎は必ず僕に残れと言うはずだよ。一人じゃ、死体を運び出すこともできないじゃないか」

「そうだったわね」

「君は、さっきから、『大崎』と呼び捨てにしているね」

と、ホームズ氏が言った。

「あんな奴、当然ですよ！」

「いや、今ならそれはよく分るがね」

と、ホームズ氏は、パイプを手の中で弄《もてあそ》びながら、「ただ、君の言い方では、どうも前から、当人のいない所では、『大崎』と呼び捨てにしていたように聞こえるのでね」

「いや――まあ、確かにその通りです」

と、水島は認めた。

「何かわけでもあるの？」

「うん……。実は、このところ、大崎の名でやってる仕事、ほとんど僕一人でやってるのさ」

「まあ」

「何だかすっかり怠け者になっちゃってね、あの人。カメラマンが面倒くさがり出したらもうだめさ。いいカットのために、何時間でも粘《ねば》れるかどうかが、分れ目なんだから」

「じゃ、水島さんが一人で？」

「うん。――いや、それでもいいんだ。ボスは彼だし、僕はまだ独立したわけじゃないからね。しかし、この前のＴＶの特番でアラスカへ飛んだ時なんか、彼は行きもしなかった。そのくせ、旅費なんかは全部受け取ってね。さすがに気が咎《とが》めたのか、タイトルにも並べて僕の名を出すし、金も半分ずつにしようって、自分から言い出した。――ところが、いざ放映の時になったら、局へ言ってタイトルから僕の名を消しちまった」

「ひどいわね」

「金も自分で独り占め。僕はいつもの給料をもらっただけさ。――文句も言えないから黙ってたけど。頭にきてね」

「そりゃ無理もないわ」

と、私は言った。「独り立ちすればいいのに」

「そのつもりです。ところが、そう言い出すとね、何だかんだと甘いことを言って、やめさせないんですよね」

文句を言っていても、この水島もお人好しなのだろう。頼られると断り切れないタイプなのだ。

「あの時も、大崎さん、何もしてなかったものね」

と、サユリが言った。

「僕一人が機材をかかえて走った……」

「あの時は、あなたも仕事しないで戻ったわけだけどね」

水島がサユリを見て、言った。

「いや、したぜ」

「――どういうこと?」

「僕は撮《と》った」

「私のこと、撮り出してすぐに軍隊が来たじゃないの」

「君じゃない」

と、水島は首を振った。「君に頼んだろう、ビデオテープを受け取ってくれって」

私とホームズ氏は顔を見合せた。

「——じゃ、あなた、あの事件を、ビデオに収《おさ》めたの？」

と、私は訊《き》いた。

「もちろんです」

水島は即座に答えた。「僕はカメラマンだ。あんな出来事を目の前にして、撮らずにいられませんよ」

「まあ……」

サユリは啞然《あぜん》とした。「でも、あの時、テープは取り上げられたでしょう」

「使ったテープを、未使用のとすぐ入れかえておいたんだ。そんな馬鹿《ばか》じゃないよ」

「——どうしよう！」

と、サユリは、泣き出しそうな顔で、「あのテープ、誰《だれ》かが持って行っちゃったのよ！」

「何だって！」

サユリの話を聞くと、水島は、肯いて、「きっと大崎が、誰かを使って……。畜生！　汚ない奴だ！」

「でも——せっかくの映像が……」

「ま、いいよ」

と、水島は首を振って、「テープはコピー作るの、簡単なんだぜ」

「じゃ、コピーを？」

「局へ行った時にね、資料VTRの中へ、こっそりあのテープをコピーして入れておいたんだ。三回もね、あちこちに」

「さすがね！」

サユリが顔を輝かせた。

「かなりはっきり撮れているのかね？」

と、ホームズ氏が訊く。

「隠し撮りだから、ぶれはありますが、はっきり分るはずです」

「司令官の顔は？」

水島は、しっかりと肯いた。

「入っています。——今の大統領ガレスだと誰にでも分りますよ」

私も頬《ほお》が紅潮して来るのが分った。

「そのテープが公開されたら、ガレス大統領の地位は国際的に危ういものとなるだろう。これは貴重な記録になる」

と、ホームズ氏が感心した様子で言った。「君は、ガレス大統領が来日するまで、ここにいた方が安全かもしれないよ。外での活動は我々に任せて」

「その方がいいわ」

と、サユリが言った。「大崎さんを安心させておいた方が」

「しかし……。悔しいじゃないか」

「たった四日間のことよ」

水島は、肩をすくめた。

「分ったよ。——しかし、いつでも僕の力が必要になったら、そう言ってくれ」

——私たちの気分は、すっかり明るくなっていた。

「ただ、心配なのは、神原君のことね」

と、サユリは言った。「どこにいるのかしら」

「きっと僕と同じように、薬で眠らされて、どこかへ閉じこめられてるんだ。こういう場所に……。こういう場所——」

「ねえ！」

と、私は、思わず立ち上っていた。「最近ここへ入った人は？　誰と誰？」

「ええと——」

と、ダルタニアンが首をかしげて、「確か、作家が一人。プルーストでしたかな。それから、八十歳になるクレオパトラ……。ああ、もう一人、映画監督がいましたよ。ええと、何て名だったかな」

「フリッツ・ラングじゃありませんか」

と、水島が言った。

「ああ、そんな名だった」

「きっと神原君だ！　連れて来て下さい」

ダルタニアンは、出て行くと、信じられないくらいのスピードで戻ってきた。

「危いじゃないか！」

と、突き飛ばされるようにして入ってきた若者は、「せっかくいいシナリオが書けていたのに……」

「神原君！」

サユリが叫んだ。

若者はキョトンとして、

「あれ？——君、TVから脱《ぬ》け出して来たのかい？」

と、言った。


「——取りあえずはよかったですね」

屋敷へ戻って、大川一江が紅茶を出してくれる。——サユリは、明日の仕事もあるというのに、第九号棟からなかなか出たがらなかった。

心配になって、私がせっついたので、やっと第九号棟を後にしたのである。

ダルタニアンをつけてアパートへ送らせ、今、やっと私は一人になったところだ。

いや、もちろん大川一江はいるけれど。

「その大崎っていうカメラマンが、結局、誰かに買収でもされてるんでしょうか」

と、一江が言った。

「そうかもしれないわ。でもね」

と、私は紅茶のカップを取り上げて、言った。「どうも気になることがあるの」

「というと？」

「もし、大崎が神原と水島の二人をあの第九号棟へ入れたとしたら、相当なお金がかかったはずよ」

「お金……。そうですね」

「ね？　あの第九号棟は、入院させて、一生外へ出さない。そして秘密は固く守る代りに、充分にお金を取る。——しかも二人分となると、かなりのものだわ。それを大崎が出したとは、とても思えない」

「そうですね。気がつきませんでした」

「あそこへ入れるっていうのは、大崎のアイデアかしら。——私、どうも怪しいと思うの。大崎のような立場の人物が、あの病院のことを知るチャンスなんて、ないんじゃないかしら」

「じゃ、大崎にも黒幕が？」

「そう思うわ。大崎は、言われた通りにやっているだけ……」

私は、ゆっくりと紅茶を飲んだ。「——おいしいわ。いつも上手ね」

「ありがとうございます」

一江はニコニコしている。

不思議な子だ、と私はこの一江を見て、ふと思うことがある。私と同じ年齢。私が気まま勝手なことをしている令嬢で、一江はそこで一日中働いている。

いや、もちろん、こき使っているつもりはないけれど、時には私のことを、ねたましく思うことはないのだろうか?

「――一江さん」

と、私は言った。

「何でしょう、お嬢様」

「あなた、いつも忙しく働いて、しかも、私の探偵業のおかげで、危い目にもあったりするわ。――いやにならない?」

「いいえ。私は一人ぼっちですから、こうして置いていただくだけでも、充分に満足です」

一江は両親を火事で亡くし、弟と二人暮しだったのだが、その弟が殺されてしまった。その事件を解決してやった縁で、一人になった一江はここで働き出したのである。

「それに、弱い人を助けて戦っているお嬢様たちのお手伝いができるんですもの!こんな楽しいことってありませんわ」

「そう言ってもらえると嬉《うれ》しいわ」

と、私は言った。「でも、もしあなたに好きな人ができたら、いつでも結婚してちょうだいね」

「まあ、どうなさったんですか？」

と、一江は心配そうに私を見て、「熱でも……」

「心配してるだけじゃないの、あなたのことを！」

「それでしたら、ご心配なく。私、恋人ができたら、すぐ二人で、ここへ住み込みます！」

私は、紅茶を飲んでいて、むせ返ってしまった。一江は相変らずニコニコしながら、

「子供が生れたら、お嬢様に名付け親になっていただくんです。そして忙しい時は子守りをお願いして――」

「ちょっと待ってよ。私、乳母じゃないんだから」

「でも、お嬢様は子供に好かれる顔ですわ」

一江の言葉に、私は少々複雑な気分になった。――この人、結構ちゃっかりしてるのかもしれないわ……。

サユリは、アパートの前に来ると、ちょっと振り向いた。

せめて、ダルタニアンに、

「ご苦労さま」

とか、

「おやすみなさい」

と声をかけようと思ったのである。しかし——ついそこまで一緒に来たというのに、もうダルタニアンの姿は見えなくなっていた。

「本当に不思議な人なんだから……」

と、サユリは呟《つぶや》いた。

さあ、早く寝よう。——すぐに寝ても、四時間ほどしかない。

サユリは、つい一週間前に、アパートを移っていた。前のアパートは、TV局に遠くて、不便だったし、多少なりとも注目されて来た新人としては、ちょっとひどすぎる（！）というわけである。

今度のもたいしたアパートじゃなかったが、一応真新しい三階建で、サユリの部屋は二階だった。２ＤＫの広さが、越して来た時には大邸宅のように感じられたものである。

「やれやれ、だわ……」

と、階段を上る。

しかし、たとえ寝不足にはなっても、サユリの心は軽かった。

水島も神原も無事だったのだし、それに、何よりも、水島があの出来事をビデオに収めていたということが、サユリを元気づけた。

そのビデオがあれば、TVだって新聞だって、無視してはいられないだろう。

そうだ。パコがこのことを聞いたら、どんなに喜ぶだろうと思った。TV局ででも会ったら、教えてあげよう……。

鍵《かぎ》を開けて中へ入る。——明りを手探りで点《つ》けると、

「お帰り」

と声がした。

「キャッ！」

思わず声をあげる。

「遅かったね」

安物のソファに寝そべっているのは、ディレクターの音田だった……。

「びっくりした！——どうして入れたの？」

と、サユリは、胸を押えながら言った。

「ここを借りたのは誰だと思ってるんだ？」

そうか。——社長の松永が、音田に鍵を渡したのだ。

「私、疲れてるの。それに、四時間ぐらいしか寝られないのよ。あなたも分ってるじゃないの」

と、サユリは言った。

「ディレクターの都合で、遅らせてもいいぜ」

音田は、立ち上ると、サユリの方へやって来た。サユリは、スルリと彼の手から逃れた。

「――お願い。帰ってよ」

「何だ、冷たいな」

と、音田は苦笑した。「君を、あんなに熱心に売り込んでやったんだぜ」

「分ってるわ。ありがたいと思ってる。でも、それとこれは別でしょ」

「理屈はね。しかし、恋は理屈じゃない」

音田は、強引にサユリを抱きしめた。

「お願い……。どうして急に――私のことなんて、たいして気にもしてなかったくせに」

「他人にとられると思うと惜しくなる」

「他人？」

「そうさ。変な外国人とベタついてるって話じゃないか」

パコのことだ。——サユリは、怒るよりも笑い出したくなってしまった。

音田が哀れに思えたのだ。自分に惚《ほ》れていると思っていた女が、他の男と親しくしたからといって、急に惜しくなるなんて……。子供みたいだ。

「よして。そんな仲じゃないわよ」

サユリは、身をよじって、音田の腕を振り切った。「私は今、ドラマと歌で手一杯。男のことなんて、考えられない」

「——そうか」

音田は、ムッとしたようだった。「僕はいくらでも君の出番を減らせるぞ。村木京子は喜ぶだろう」

サユリは、信じられない思いで、音田を見つめた。

「じゃ、好きなようにすれば！」

爆発するように、言葉を叩《たた》きつけた。「おろすなりいびるなり、勝手にしてよ！」

音田も、言い過ぎたと思ったらしい。

「いや——ごめん。こんなこと、言うつもりじゃなかったんだ」

と、息をついて、「ただ——君が急に変っちまったからさ」

変っちゃいけないの？　人間は、成長するものなんじゃないの？　成長するってことは、変るってことだわ。

タレントだから、歌手だから、変っちゃいけないっていうの？

「私、一生懸命なのよ。――分って」

と、サユリは言った。「他のことなんて、考える暇がないの」

「一度ぐらい、いいじゃないか」

音田が、強引に抱きついて来ると、サユリを押し倒した。

「やめて！――お願いだから」

サユリとしても、大声で助けを呼んだりはしたくない。しかし、音田に押え込まれてしまうと、やはり力の差で、逆らうには限界があった。

「いやなのよ。――やめて！」

必死で逃れようとする。

と、急に体が軽くなった。

ガン、と音がして、音田が、仰向けに引っくり返る。

「――パコ！」

サユリは起き上って、目をみはった。

音田は、殴《なぐ》られた顎《あご》をさすりながら、起き上った。

「畜生！　やっぱりか！」

「何ですか」

と、パコは、真直ぐに立って、「女の人に無理強《じ》いするのはいけません」

「これは俺《おれ》の女だ！」

と、音田は怒鳴《どな》った。

「彼女はあなたの持ちものじゃありません」

と、パコは言った。

音田がいくら力《りき》んでみても、パコのがっしりした体格とは勝負にならないのが明らかだった。音田は、肩をゆすって、

「リハーサルに遅れるなよ」

と言うと、出て行った。

サユリは、息を吐き出して、

「ありがとう」

と言った。

「よかったのかな？　僕はつい――」

「いいのよ。あれでよかったの」

サユリは微笑《ほほえ》んだ。「助けてくれて、ありがとう」

「当り前のことだ」

と、パコは照れたように言った。

「――ちょうどよかったわ。お話があったの」

と、サユリは言った。「座ってて。お湯、わかすわ」

「いや……。もう帰るよ」

と、パコは言った。「ただ、さっき来たら、いなかったから心配になって、また来てみたんだ。――寝た方がいい」

「でも、せっかく……」

「それに、女の子の部屋に、長くいると、疲れる」

サユリは笑ってしまった。そして――真顔になると、

「ねえ、パコ。私、さっき音田が言った通り、前には音田の恋人だったのよ。がっかりしたでしょう?」

「僕の国の人間は、過ぎた恋は気にしない。今だけが大切」

「すばらしい考えね」

サユリは、ちょっと目を伏せて、「もっと早くあなたに会いたかった」

と、言った。

「僕も、その前に――」

「その前？　何の前？」

パコは首を振った。

「何でもない」

サユリは、じっとパコの目を見つめた。

澄んだ優しさ。そして深い哀《かな》しみの色。

サユリは、そっと背伸びして、パコにキスした。

「じゃ、今夜は帰って」

と、サユリは言った。「ただ、一つだけ話しておきたいの」

水島の撮ったビデオのことを話すと、パコは、躍り上らんばかりにして、興奮した。

「それは凄《すご》い！　そのテープを公開できたら、ガレスの奴は、大統領をやめなきゃいけなくなるよ」

「ね。いいニュースでしょ？」

パコは、頬を紅潮させて、

「君は幸運の女神だよ」

と言った。

今度は、サユリの方が顔を赤らめる番だ。

「どこでそんなお世辞を憶《おぼ》えたの？」

そう言って、サユリはもう一度、パコに軽くキスした。「じゃ――気をつけて」

「おやすみ」

パコの日本語は、どんな日本人のそれよりも、優しい心に溢《あふ》れていた。

サユリは、一人になると、手早くシャワーを浴びて、ベッドに入った。

以前は冷たい布団に寝ていたのだが、今はベッドに「昇格」したのである。

早く眠らなきゃいけないのだが、今日はあまりに色々なことがあり過ぎて、サユリはすっかり興奮していた。

あの第九号棟のすばらしい人たち！　そして、そこで水島と神原に会った驚き。

あの虐殺を記録したビデオテープが残っていると知らされたこと。――それから、パコとの初めてのキス……。

男を知らないサユリではないのに、パコとのキスには、まるで十代の初恋の時のような、胸のときめきを覚えたのだった。

これだけ色々な経験をして、早く眠れっていう方が無理だわ、とサユリは思った。もしかすると、全然眠れないかもしれない。

でも、一晩ぐらいの徹夜は、どうということはない。若いんだから。頑張れるわ！

サユリは、眠れなくともいいから、ともかくも目を閉じた。――外では、ダルタニアンがどこかで浅い眠りを取りながら、番をしてくれている……。

きっと眠れないわ。きっと……。

サユリは、ものの十分とたたないうちに、ぐっすりと眠り込んでいた。

9　火花が散った日

「何なのよ！　どういうことなの！　説明してもらいたいわ！」

スタジオ中に、甲高《かんだか》い声が響き渡った。

誰《だれ》もが、やれやれ、という顔で、目を見交《みか》わす。——まあたいていは予測していたことなので、びっくりはしていない。

「村木君、そうかりかりしないで——」

と、音田がなだめるのも、焼け石に水どころか、太陽にじょうろで水をまいているようなものだった。

「このドラマの主役は誰なの？　はっきり言ってちょうだいよ！」

と、村木京子はかみつきそうな勢いで言った。

「そりゃ、もちろん君だよ」

「あらそう？　私、またあそこにいる、素人のアルバイトかと思ったわ」

もちろん、サユリのことを言っているのである。

「そんなにかんしゃくを起すなよ。ねえ、君はもう大物《おおもの》だ。少しのんびり構えて――」

「大物はね、それにふさわしい扱いをされる資格があるのよ」

と、村木京子は遮《さえぎ》った。「そっちがちゃんと、その点を認識してくれるまでは、私、一切リハーサルをやらないからね！」

そう宣言すると、村木京子は、足音も荒く、セットの組まれたスタジオを出て行ってしまった。

「やれやれ……」

音田は、汗を拭《ぬぐ》った。「よし！　休憩だ」

ホッとした空気が流れる。

「おい、みんな昼飯を食べといてくれ！」

と、音田がもう一声、怒鳴った。

どうせこの分じゃ、再開できるのは、午後になる、と読んだのだろう。

「――スターというのはたいしたもんですな」

と、ダルタニアンが言った。

「あれぐらいのプライドがなきゃ、スターになれないのかもしれないわね」

と、私は言った。

今日から、サユリの出演するドラマが本格的に収録を始めるというので、来てみたのである。

しかし、三十分とたたないうちに、村木京子が、爆発した、というわけだ。

「――鈴本さん」

サユリが私を見付けて、嬉《うれ》しそうにやって来た。

「ご苦労さま」

「見てらしたんですか？　わあ、恥ずかしい！」

と、それでも顔はにこやかである。

「あら、とても良かったわよ」

私はお世辞抜きで言った。「ねえ、ダルタニアン」

「さよう」

と、ダルタニアンはステッキをクルリと回して、「正にサラ・ベルナールに比すべき名演です」

「サラ……？」

と、サユリが目をパチクリさせている。

「サユリさんに、サラ・ベルナールなんて言っても無理よ。――これから、どうするの、あなたは？」

サユリは肩をすくめて、

「村木さんを、二本木さんと音田さんが、何とかなだめて、ご機嫌が直るまでは中断です。――ここの食堂、たいしたことはないけど、食べてみます？」

「ええ、いいわよ」

私たちは三人で、スタジオの下にある食堂へと向った。

まだ、普通の昼食時間には少し早いので、がらあきだ。私たちは食券を買って、できるだけ奥のテーブルについた。

まあ、私やサユリはともかく、ダルタニアンが天丼《てんどん》を食べている図など、アレクサンドル・デュマの愛読者には、とても見せられない！

「最近やっとこの味も悪くない、と思い始めましたよ」

と、ダルタニアンは肯《うなず》いて、「今度、ロベスピエールにも教えてやろう」

フランス革命に天丼が登場するとなると、西洋史も書き直さなくてはならなくなるだろう。

「──スターって、みんなあんな風なの?」

と、私は訊《き》いた。

「多かれ少なかれ、みんな自分が一番と思ってますわ」

と、サユリが答える。「そうでないと、やっていけませんもの。でも……」

「ん?」

「村木さんが怒るのも、分ります。音田さんが、あんまり私の方が目立つように演出するんですもの」

「それは魅力の差ですよ」

と、ダルタニアンはアッサリと言う。

「いえ──シナリオでも、村木さんのセリフを削ったりして。あれじゃ、怒ります」

「音田って人、あなたの……」

「ええ、元の恋人でした」

と、サユリは肯いた。「でも、おかしいんです」

「どうして?」

「逆なら分るのに」

「どういう意味?」

サユリは、アパートへ音田が押しかけて来て、パコに殴られたことを説明して、

「ですから、もっと、音田さんが私に辛《つら》く当るか、出番を減らすだろう、と覚悟してたんです、私。ところが――」

「逆だった、ってわけね」

「もちろん、厳しく直されますけど、それは私、新人だから当り前のことです。でも、その代り、場面ごとの登場の仕方とか、カメラの位置とか、どう考えても、私の方が村木さんより目立つようにやってるんです」

「いいじゃないの。それは音田さんが、あなたを役者として認めてる、ってことでしょう?」

「ええ。ただ……こんなこと言うと変ですけど――」

と、サユリは苦笑して、「私、音田って人を少しは知ってます。だから、振られた女でも、仕事は仕事と割り切って、演出家としての立場で見てくれるような……そんな立派な人だとは思わなかったんです」

「まあ」

と、私は笑って、「それじゃ、突然、演出家としての良心に目覚めたんじゃないの? それでなければ、きっと、あなたを売り出すように、かなり強く圧力がかかっ

ているのかもしれないわよ」

「そうですね。きっとそうだわ」

サユリは微笑んで、「やっと納得した！」

――これで、私たちは安心して（？）食事を続けたのである。

食事の後、コーヒーを飲んでいると、二本木がやって来て、

「ここにいたのか」

と、同じテーブルについた。「やれやれ、くたびれた！」

「村木さん、どうですか？」

と、サユリが訊くと、二本木は肩をすくめて、

「相変らずさ。スターって奴《やつ》は厄介だよ」

と、言った。「しかし、君もその内、その厄介なものになる」

「そんなこと分りませんわ」

「いや、私は絶対にこのドラマで一躍《いちやく》君がクローズアップされると見ている。こういう勘《かん》は当るんだ」

「――お昼、食べたんですか？」

「いや、今はとても食べる気になれんよ」

と、疲れ切った様子で、「ま、私は、いつでも食べられる」

「でも、あれじゃ、村木さんが怒るの、当然ですよ」

と、サユリは言った。「少し私のセリフを削っても構いません」

「いや、それは君の心配することじゃない」

と、二本木は首を振った。「ライターにも、ディレクターにも、それぞれ考え方があるんだ」

「それは分りますけど……」

「君は、言われた通りにやってればいいのさ。村木京子が、何かと八つ当りして来たら、受け流しとけばいい」

「そう言われても……。いつもにらまれてる方の身にもなって下さい」

と、サユリは困った顔で言った。

「今、音田君と二人で、説得して来た。ちゃんと納得してるよ。大丈夫だ」

「そうですか」

サユリは、いささか不安の残る表情だったが……。

確かに、到底《とうてい》、「納得している」とは思えないムードで、収録が始まった。

村木京子は、導火線に火のついたダイナマイトみたいなもので、ピリピリしていて、ちょっとサユリがセリフをとちると、

「だから素人と仕事するのはいやなのよ」

と、大声で言った。

しかし、はたで見ていると、当人もかなり、セリフを忘れたり、つっかえたりしている。自分の時には謝りもしないで、

「このセリフ、言いにくいのよ」

と、シナリオのせいにしていた。

これがスターというものなのかもしれないが……。

しかし、それでもいくつかのシーンは、何とか無事に収録を終えた。

再噴火は、サユリが村木京子と言い争って、じっと二人でにらみ合う、というまさに「ドキュメンタリー風」のシーンで、起った。

言い争いそのものは、当人たちの対抗意識もあったのだろう、実に迫力があって、この日の収録した分の中でも、ピカ一、という印象だった。

問題は、そのシーンの終りで、カメラが、二人を交互《こうご》にアップで撮る、というところ——そこで、音田が、

「こうしよう。村木君、言い終ったら、パッと部屋を出て。後にサユリ君が残る。——いいね？　じゃ、テスト——」

「ちょっと待ってよ」

と、村木京子が遮った。「じゃ、終りのアップは？」

「そりゃ、サユリ君しか残らないんだから、サユリ君一人のアップで終りだ。ほんの二、三秒だよ」

「ほんの二、三秒ですって！」

村木京子の声が、一オクターブ高くなった。「この場の主役は私なのよ！　それなのに、どうして私のアップがないの？」

「だって、君はセットの外へ出ちゃってるんだぜ。スタジオを歩いてる君を入れるわけにいかないじゃないか」

「だったら変えてよ」

「変える？」

「あの子に出て行かせればいいわ」

と、サユリを指さす。「どっちかが出てきゃいいんだから」

「しかしね、ここはやはり——」

「やはり、じゃないわ！　あの子の方が出て行くか、それでなきゃ、元の通り、にらみ合って終るかよ。――どっちにするの？」

と、腕を組む。

誰もが、これが村木京子の「最後通告」だと感じていた。スタジオの中が、シンと静まり返る。

「――私が出るようにしましょう」

と、サユリが言った。「若い子がパッと動いた方が自然ですもの」

ホッとした空気が流れた。しかし、音田は、キュッと唇を結んで考え込んでから、

「――いや、だめだ」

と、言った。「ここはやはり村木君が出るんだ」

「そう。分ったわ」

と、村木京子は言った。「じゃ出るわよ。その代り、今すぐに出て、二度と戻らないわよ」

村木京子がセットから歩き出した時だった。

「おーい！　ちょっと聞いてくれ！」

と、男の声が響いた。

「——やあ、これは珍しい」

と、二本木が目をみはった。

「誰です？」

と私が訊くと、

「このTV局の社長だよ」

と、二本木は呆《あき》れたように言った。「知らんのかね？」

そのでっぷりと太った男は、

「仕事中にすまん」

と、にこやかにやって来た。「実は、ビッグニュースなんだ」

「まさか始まる前から打切りじゃないでしょうね」

と、音田が言った。

「何を言ってるんだ！——おい、明後日は、ここで収録だな？」

「ええ、その予定ですが……」

と、音田は、チラッと村木京子の方を見て言った。

「実は、今、政府筋から電話があった。明日、来日するP国のガレス大統領が、ぜひ日本のTV局を見学したい、と言って来たそうなんだ」

私とダルタニアンは、顔を見合せた。

「――で、大統領に、このドラマの収録を見ていただくことになった!」

「このドラマの?」

と、音田が面食らったように、「しかし――どうしてNHKじゃないんだろう?」

「民放のスタジオを見たい、ということなんだ。いいじゃないか。政府のお偉方《えらがた》も来る。格好の宣伝だぞ」

と、社長が言うと、音田は、

「それはそうですが――しかし――」

と、ためらった。

「何だ? 何か問題があるのか?」

「実は今、ちょっと――」

と、音田が言いかける。

「まあ、それは大変ね!」

と、村木京子が言った。「じゃ、みんなますます張り切らなくちゃ! ねえ、サユリさん?」

「いい」

――そう言って、村木京子はサユリの肩を抱いたのである。

「――呆れたもんだ」

一旦《いったん》休憩になると、二本木が、首を振って言った。

「でも良かった。これでスムーズに行きそうだ」

と、音田がホッと息をつく。「おい、サユリ君、次のシーン、メガネを忘れるなよ」

「はい！」

「ちょっと話があるんだ」

と、音田は二本木を促《うなが》して歩いて行く。

何事かと耳を澄《す》ますと、

「その時は、どんな服を着てりゃいいかな？　やっぱり三《み》つ揃《ぞろ》いかな」

などとやっている。

「――鈴本さん」

サユリがやって来た。「どう思います？」

「そうね……。よりによって、あなたが出てる時にね」

「私、ガレスが見に来たら、笑って見せろって言われても、とてもできないわ」

サユリの気持は分る。――罪もない女や子供たちまで殺されるのを、その目で見ているのだ。

たとえサユリがどんな名優でも、そんな男の前で演技はできまい。

「私、病気になろうかしら」

と、サユリは言った。「それなら、出なくてすむし……」

「まあ待って」

と、私は言った。「ホームズさんとも相談してみるわ。もしその機会を何かに利用できれば……」

「でも、私――」

と、サユリは真剣な表情で言った。「もし、並んで記念写真を、なんて言われたら、ぶん殴っちゃうかもしれません」

それも当然のことだ。

しかし――ガレス大統領が、他《ほか》ならぬサユリと二本木の係《かか》わっているドラマの制作現場を見に来るというのは、あまりにできすぎた偶然のような気がした。

それとも、偶然ではないのだろうか？

偶然でないとしたら、どんな理由が考えられるだろう？

「——明日の午後、特別機で成田へ着くんだ」

と、ホームズ氏は言った。

「どう思う？」

私は訊いた。

私の屋敷の居間である。——もちろん、サユリはいない。収録がスタートして、ますます忙しくなっていたところへ、ガレスが見学するドラマに出演しているというので、インタビューがどっと殺到したのだ。

「さてね……」

ホームズ氏は、ため息をついた。「もちろん、この世に偶然ということがないわけではない。しかし、万一の危険を防ぐのが、我々の役目だということを考えれば、それが偶然でない、と考えて対策を立てるべきでしょうな」

「それは分るけど」

と、私は言った。「どういう危険がある？　ガレスが、もしサユリさんたちのことを知っていたとしても、見学に来た時には、周囲は大勢のＳＰや警官でガードされてるはずよ。そんな中でサユリさんのことを、どうこうできないでしょう」

「それはそうですな」

「じゃ、なぜ? 分らないわ」

「危険はあります」

と、ホームズ氏が言った。

「どんな危険?」

「殺される危険が。——ただし、逆の話ですがね」

「逆というと……。ガレスが殺される、ってこと?」

そう言って、私はハッとした。「そうか! あのパコって若者ね!」

「彼は、当然ガレスの来日中の行動に、興味を持っているはずです。今のところ、ガレスの行動で、日程、時間が発表されているものを見ても、もしガレスを暗殺しようとした場合、まず不可能なほど警備が厳重なものばかりです。ただ、一つだけ、警備が手薄になるのが、問題のTV局でしょう」

「しかも、パコは、あの局にちょくちょく出入りしてるわ」

「当日も、TVを休むわけにはいかないから、局はいつも通り機能しているでしょう。パコが入って行っても、特に怪しまれることはない」

「局内でも、もちろん警官やSPはついて回るけど——」

「自分も死ぬ気なら、やれないことはありませんよ」

と、ホームズ氏は言った。

「じゃ、ガレスは、わざわざ自分の身に危険を招いてるようなものね」

「問題はそこです」

と、ホームズ氏は肯いた。「なぜ、そんなことをするのか？　何か理由があるはずですからね」

「分らないわね」

私は考え込んだ。「――パコは、アニー・オークリーに見張ってもらってるわ。どうしたものかしら？」

「今は放っておくことです」

と、ホームズ氏が言った。「明日、成田へ着いたガレスを、よくＴＶで見ましょう」

「顔を？」

「いや、むしろ雰囲気を、です」

「でも――それでどうするの？」

「どんな男か、よく見ておきたいのですよ」

ホームズ氏が、ちょっと謎《なぞ》めいた微笑を浮かべる。「それと、できれば一つ、やってみたいことがあります」

「何を？」

「ロビン・フッドの力を借りる必要があるかもしれませんな」

「リンゴでも射るの？　あれはウィリアム・テルか」

「いや、一つ、ガレス大統領を暗殺してみようかと思うのですよ」

ホームズ氏の言葉に、私は目を丸くした。

10　独裁者の到着

私は目を丸くして、空港までの沿道に並ぶ警官の列を眺めた。

途中で検問にあうこと三回。道は一本しかないのに、同じことを三回も訊《き》かれる。

「知人の出迎えです」

と、私は説明したが、

「どこからの何便で来るんですか?」

とまで訊かれた。

ホームズ氏の助言で、ちゃんとその辺も答えを用意してあったので、別に怪しまれることはなかったが、それにしても、大きなお世話と言いたくなった。

「凄《すご》い警戒ね」

一人で来て良かった。——運転手つきの車なので、比較的、警官の態度も丁重である。

もし、ホームズ氏やダルタニアンが一緒だったら、きっと面倒なことになっていただろう。何といっても身分証明書というものを持っていないのだから。

幸い、私のように「お金持」という人種は、知人も多いし、こんな時には便利である。

たまたま今日帰国するという、遠い親戚《しんせき》の女性を迎えに行くことにしたのだ。

ライトバンやワゴン車に乗った人は気の毒である。荷台はもちろん、中の荷物まで全部開けて調べられている。——これが当り前という感覚になるのは怖いことだ。

そういう社会では、第九号棟の住人たちのような人たちは、ますます居場所を失い、片隅へと追いやられて行くからである。

——空港へ着いても、ともかく一般の人より、警官の方が多いんじゃないかと思うほどの警戒。

他にも目つきの鋭い、私服の刑事や女性警官も混っているのが、一見して分る。きっと、当人たちは「普通に見える」と思っているのだろう。

ともかく、名目上でも「出迎え」の便には知人が乗って来るし、出迎えに行く、と電話してあるから、待っていなくてはならない。

ガレス大統領の乗った特別機より少し遅く着くはずである。

ロビーの入口で、ハンドバッグの中を調べられたが、その後はさすがにぶらぶら歩いていても、見とがめられることはなかった。

それでも、何となく落ちつかない雰囲気が漂っていて、たまたまこの日に来なければいけなかった人たちは、迷惑そうな表情だった。

もちろん、まだ知人の乗った便は着いていないわけで……。

「――芳子！」

と、声がしたが、まさか自分のこととは思わず、そのまま歩いていると、足音がして、ポンと肩を叩《たた》かれた。

「――あら！」

振り向くと、当の「知人」が立っている。

「――まあ、見違えた」

まだしばらくしないと着かないはずの沢木咲子が、目の前に立っていたのにもびっくりしたが、その変りようにもびっくりした。

沢木咲子は、「遠縁」といっても、ほとんど血縁ではないのだが、同じ年齢のせいもあって、中学、高校時代、結構親しくしていたのだ。

咲子は、高校の三年生の時、親の仕事の都合でフランスへ行っていた。会うのはそれ以来である。──しかし、あの地味でパッとしない、メガネの少女が、今や、髪を染めて、みごとにアイメークなどして……。

格好も、原宿・六本木辺りに出しておかしくないスタイルである。

「久しぶりねえ！」

と、咲子が、嬉《うれ》しそうに言った。

笑顔が、いかにも昔のままなのが、おかしい。

「ずいぶん洗練されて来たじゃないの」

「それ、皮肉《ひにく》？」

「違うわよ！　私なんか相変らずの格好だけど、咲子は──」

「よしてよ。好きでこんなスタイルしてんじゃないわ」

と、咲子は、バッグを振り回した。

「へえ」

「本当よ。渋々《しぶしぶ》。──何しろ向うじゃ自己主張しなきゃやってけないんだもん。日本の方が気楽でいい！」

いかにも言い方に実感がこもっていて、私は笑ってしまった。

「じゃ、昔のスタイルに戻るのね」

「そうよ。早いとこ髪も色を落としてね。思いきり本が読みたい！」

「日本人ねえ。――でも、早い便で着いたの？」

「そうじゃないのよ」

と、咲子は首を振って、「何とかいう人が来るんで、その前にともかく空港を出てくれって。やたら急いで、早く着いちゃったの」

「ガレス大統領？」

「そう。――ま、こっちは早く着く分にはいいんだけどね」

こっちは少々困ったことになるのだが……。

しかし、咲子を出迎えに来たことになっているのに、

「私、用があるから、ここで」

ってわけにもいかない。

「――私、甘いものが食べたいの」

と、咲子が言い出したのを幸い、空港の近くのホテルに行くことにした。

近くといっても、結構離れているので、さすがにここはそう警官の姿はない。

「――向うのケーキとかは甘くって。くどいの。とても食べられない」

「太るからって、やめてたじゃないの」

と、咲子がケーキを二つも注文するのを見て、私はからかった。

「そうよ。でも、食べられないと思うと、食べたくなってね、無性《むしょう》に。——どう？」

「私はいつも食べてるから」

と、私は紅茶だけにしておいた。

ラウンジのＴＶが、ちょうどガレスの到着を中継している。——そろそろ時間なのだ。

「芳子も大変ね。あのだだっ広い家に一人でしょ？」

「同じ年齢のお手伝いさんがいるの」

「二人で？　怖くない？」

「結構、度胸がついたのよ」

と、私は言ってやった。

「——恋人は？」

と、咲子が訊く。

「いないわ、今のところ。咲子こそ、どうなのよ」

「ボーイフレンドはいたけど、恋人ってとこまではね。——帰って来たのも、疲れちゃったからなの。両親はまだしばらく向うにいると思うわ」

「じゃ、咲子はずっとこっちに?」

「そう。よろしくね」

「そんなにたってないじゃないの、まだ」

「でも、もう十年も行ってたみたいな気がするわ」

と、咲子はため息をつく。

私は、おかしくなって笑いをこらえるのに苦労した。前から、咲子はよくため息をつく子だったのだ。

少々太り気味で、当人もそれを気にしながら、食べることが人一倍好き、というタイプである。その辺は、今も変らないらしい。

「ねえ、いつもは芳子、何してるの?」

と、訊かれて、ちょっと困る。

「そうねえ……。まあ、一人でいると、結構色々と用事もあるのよ」

と、適当に逃げておいた。「それより、向うのこと、話してよ」

咲子の話は、二時間や三時間では終りそうになかった。——三十分ほど聞いたところで、TVの方へ目をやると、

「あれね、ガレス大統領って」

と、言った。

TVの画面に、軍服姿の、色の浅黒い男が映っていた。

カギ鼻、鋭い眼、そして頰《ほお》の傷あと……。

「――まるでヤクザの親分ね」

と、咲子が言った。

「警官ににらまれるわよ」

と、私は苦笑して言った。

しかし、正にそんな印象の男で――少なくともTVの画面からは、だが――どう見ても一国の指導者とは見えない。

日本からは、かなりの有力な閣僚が出迎えていて、相当に重要な客と見ていることが分る。

握手、握手と続いているのを、TVは延々と映し出していたが……。

ガレスは軍服姿なので、当然、帽子もかぶっている。少々大きすぎるような、見る角度によっては、ニワトリのトサカみたいな真赤な帽子である。

と――不意にその帽子が、ポンと飛んだ。

何が起ったのか、誰《だれ》もがすぐには分らなかったようだ。

帽子が、落ちて転る。——一本の矢が、それを射抜いていた。

大騒ぎになった。当然のことだろう。

ＳＰや警護の警官が、たちまちガレスを取り囲む。あれじゃ、中で押し潰《つぶ》されちゃうんじゃないか、という気がした。

アナウンサーの中継も支離滅裂で、さっぱり分らないうちに、中継は中断してしまった。

「何があったの？」

「さあ」

と、私は肩をすくめた。

ロビン・フッドが無事に姿を消してくれますように。——それだけが気がかりだったが、まあ大丈夫だろう。

弓矢のいいところは銃と違って、音も煙も出ないから、どこから射ったか分らないことである。

しかし、私の興味は、帽子を射落とされたと知った時の、ガレスの顔にあった。

ほんの一瞬だが、カメラははっきりと、ガレスの顔を捉《とら》えていた。——それは興味深いものだったのだ……。

「——やあ、お疲れさま」

屋敷の居間へ入って行くと、ホームズ氏がソファで寛《くつろ》いでいた。

「くたびれた！」

私は、ドサッとソファに座り込んで、「ロビン・フッドは？」

と、気になっていたことを訊いた。

「もう戻っています。シャーウッドの森にね」

「良かった！　気にしてたのよ」

と、私は言った。「それにしても参ったわ！」

もう、夜の十一時である。

あの後は正に大騒ぎで、空港から出る車は全部厳重に調べられ、おかげで、大渋滞《だいじゅうたい》。

夕食も抜きで、やっと辿《たど》り着いたのがこの時間というわけだ。もちろん咲子を送っても行ったのだが、道筋《みちすじ》なので、そう時間を食ったわけではない。

「お嬢様、お食事は？」

と、大川一江がやって来て訊いた。

「少し休んでから食べるわ」

「かしこまりました」

「しかし、ロビン・フッドの腕もたいしたものですな」

と、ホームズ氏はパイプを磨きながら言った。

「その点は認めるけど……。見ていたの、ＴＶ？」

「もちろん」

「どう思った？」

「いかにも独裁者らしい顔つきですな」

「同感だわ。見るからに残忍そうで……。でも、帽子を射抜かれたと知った時の顔——」

「そう。あれが面白い。たぶん、私の考えは間違っていないと思いますよ」

「考え、って？」

ホームズ氏は、それには答えず、

「それより、面白かったことがあります」

と言った。「ニュースでやってましたよ。あの後、ガレスは記者会見をして、日本での日程には一切変更はない、と語ったのです」

「予定通り、明日、TV局を見学する、というわけです」

私が、少々戸惑《とまど》っているのを見て、ホームズ氏は続けた。「いいですか、あれだけの厳重な警備の中で、ガレスは命を狙《ねら》われた。普通なら、無用な外出は避けるのが理屈でしょう」

「それはそうね」

「当然、日本の警備側も、そう要望しているはずです。ガレスとしては、自動車工場とか、石油コンビナートなどの視察は、経済政策上、意味があるかもしれない。しかし、TV局は？」

私は肯《うなず》いた。

「意味ないわね」

「そうでしょう？　今日のような事件があれば、当然TV局見学などは中止になるはずです。いや、たとえ見るとしても、予定を変更して、他の時間にするでしょう」

「それも考えられなくもないわね」

と、私は思い付いて、「わざわざ変更はしないと発表しておいて、実際には全然違うスケジュールで動くとか――」

「つまり――」

「それはまずないでしょう」

と、ホームズ氏は首を振った。「報道陣が待っているのをすっぽかすというのは、大問題ですからね。それなら、あくまで公表せずに、間際になって報道機関にだけ知らせるでしょうね」

「そうか……。じゃ、何のために？」

と、私は言った。

「危険を承知の上で、ああ言ったのだとしたら、相当に大胆な男ですよ」

「そうね。暗殺されるかもしれないっていうのに……。でも、変だわ」

その意味は、私とホームズ氏にしか、あるいは分らなかったかもしれない。

「何が変なのか。よく研究していたのです。――こいつでね」

ホームズ氏が手にしていたのは、何とビデオのリモコンだった！

「ビデオ？」

「そうです。あの場面をニュースで何度か流していました。いくつかの局のものを、全部録画してみたんですよ」

シャーロック・ホームズ氏とビデオね。

昔ながらのホームズファンが聞いたら、目を回すかもしれない。

「で、何が分ったの？」

「帽子を射抜かれたと知って、ガレスがあわてて身をかがめたでしょう。その時、彼は何か口走《くちばし》ってるんです。もちろん、周囲は大騒ぎになっているので、誰も聞いていなかったでしょうが」

「じゃ、TVでも聞こえなかったでしょう」

「もちろんです。その代り、ビデオに、うまい具合にその瞬間が入っている。口の動きを何度もくり返して見ていると、何を言っているか、分ってくる」

「分ってくるって言っても——向うの言葉じゃないの」

「探偵は博識なものですからね」

と、ホームズ氏は、真顔で肯いた。

「で、分ったの？」

「おそらく、これだろうというのがね。——見て下さい」

ホームズ氏がリモコンのボタンを押そうとした時、

「お嬢様、お客様です」

と、一江の声がした。

「こんな時間に、どなた？」

「お嬢様の最愛のルパン様です」

「ちょっと一江さん——」

と、振り向くと、そこにはアルセーヌ・ルパン氏が、にやにやしながら立っていた。

「もう！　人をからかって」

と、私は苦笑した。ルパン氏をにらんでやった。

アルセーヌ・ルパン。説明するまでもない怪盗であるが、第九号棟のこのルパン氏は本当に変装の名人なのだ。

私やホームズ氏、ダルタニアンなどが、時には安心して第九号棟を離れていられるのは、このルパン氏が万一の時には身替りを演じてくれるからである。

外見を似せるのが「変装」だという常識を覆《くつがえ》して、ルパン氏は、その人間のくせや動きの特徴を、三十分ほどの観察で捉《とら》えてしまい、そっくり真似《まね》ることができる。

だからこそ、私にさえなることができるのだ。

「どうしたんだい、こんな時間に？」

と、ホームズ氏が言った。

ルパンものの小説の中ではいつも気の毒なくらいにルパンにやられてしまうホームズ氏だが、第九号棟の中では、至って仲良く協力し合ってくれている。

まあ、多少のライバル意識がないではないけれど、そこは私という美しい（?）調停者のおかげで、無事にすんでいるのである。

「ちょっとお知らせしておいた方がいいだろうと思ってね」

と、ルパン氏は言った。「例の二人の新入りだけどね」

「水島と神原って人ね？」

「そう。その二人、第九号棟を出て行ったよ」

「出て？　じゃトンネルから？」

「いや、引き取りに来たんだ。二人とも、ちゃんと入口の扉から出て行った」

私とホームズ氏は、思わず顔を見合せた。

一体誰があの二人を引き取って行ったのだろう？

「どういうことかしら？」

「何となく、分らないでもないがね」

と、ホームズ氏は言った。「誰が引き取って行ったのかは分らないんだろうね」

「至って珍しい話だからね、あの第九号棟から、引き取って行かれるっていうのは」

と、ルパン氏が言った。「僕としては大変興味があった」

「じゃ、何か分ったの？」

「誰が引き取って行ったのか、その人間の名前は分らない」

「何だ。がっかりさせないでよ」

「しかし、二人が今、どこにいるかは知ってるよ」

「何ですって？」

と、思わず、声を上げる。「どうして――」

「ちょっと興味があったから、トンネルから出て、門から出て来た二人の乗った車の屋根に飛び乗ったのさ」

「さすがだわ！」

と、私は嬉しくなって言った。「それでこそルパンよ！」

「美人にお世辞を言われるくらい、いいもんはないね」

と、ルパン氏は悦《えつ》に入っている。

「で、二人はどこに？」

「何となく分りそうな気がする」

と、ホームズ氏が言った。「大崎のマンションって所じゃないかな」

「あいつが大崎って男だとしたら正解だな」

と、ルパン氏が肯く。「ただ、僕は名前を知らないのでね」

「大崎の？　でも——ホームズさん、それじゃ、大崎は神原と水島の二人を、わざわざ第九号棟へ入れて、また出して来たっていうわけ？」

「何か理由があったんだね」

と、ホームズ氏はおっとりと言った。

「ずるい！　分ってるなら、教えてよ」

「だめだめ」

と、ルパン氏が言った。「探偵ってのはケチなんだよ。その点、泥棒は、そういうことはない。結婚するなら泥棒を選ぶべきだ」

「妙なところでＰＲすることはない」

と、ホームズ氏が言った。「私としてもかなりの決心を要するんだ」

「プロポーズするのに？」

「君じゃあるまいし、プロポーズなんかしている暇はないよ。——今夜、一仕事する必要がありそうだ」

「今夜？」

「そう。明日では間に合わない」

と、ホームズ氏は言って、立ち上った。

その動作は決然として、冗談でも何でもないことを示している。私も少し緊張した。

「ルパン君の力も借りなくてはならないかもしれん。――これはかなり危い仕事だが、やるかね？」

ルパン氏は肩をすくめて、

「危い、と聞くと嬉しくなる。この世に危いことが少なくなったからね」

「ホームズさん、一体何をやるつもりなの？」

私は不安になって来た。

「面会に行くのです。ガレス大統領に」

と、ホームズ氏は言った。

11　最後の夜

サユリは、額《ひたい》の汗を拭《ぬぐ》った。

「──OK！」

音田の声がスタジオの中に響く。

モニターのTVで、今撮ったシーンを見てから、音田がOKを出す。これで、一つのシーンの収録が終ったのである。

「はい、今日はこれまで。──お疲れさん」

方々で、ホッとした声が上る。

「おい、飲みに行こうぜ」

「ねえ、私のバッグ、知らない？」

ライトが消えると、スタジオの中は急に現実に戻る。──もちろん、ライトといっても撮影用の照明を落とすだけだから、完全に暗くなるわけではない。

しかし、カッとライトが当っている間は、薄っぺらなベニヤ板の壁、片側しかない応接間が、「現実」なのだ。たとえ、力一杯ドアを閉めると、壁がユサユサ揺れたり、上を見れば、ライトがズラッと並んでいたとしても、役者にとって、そこが「現実」なのである。

しかし、一旦《いったん》明りが消えてしまえば、それはただの「ベニヤ板」に過ぎなくなる。役者は、その周囲の冷え冷えとした空間の方が「現実」になったことを、実感するのである。

「おい、聞いてくれ！」

みんなが帰ってしまわない内に、と二本木が声を張り上げた。「今日の成田での騒ぎは、みんなも知ってるだろう。あの一件で、明日のＴＶ局見学も危ぶまれていたが、さっき、公安当局から連絡があって、明日、予定通り二時に、ガレス大統領が、このスタジオへやって来る」

ちょっとスタジオの中がザワついた。二本木は続けて、

「まあ、だからって特別なことがあるわけじゃない。いつもの通りやってりゃいいんだ。しかし、二日酔でろくにセリフが言えないんじゃ困る。明日は、シャンとして来てくれよ」

軽く笑い声が起った。

サユリは、帰ろうとして、歩きかけ、誰《だれ》かに肩を叩《たた》かれた。

「ねえ、急ぐの？」

と、訊《き》いて来たのは、村木京子だ。

「いえ、別に……」

と、つい言ってしまった。

用事がある、と言えば良かった、と後悔したが、もう遅い。

「ちょっと話があるの。たいして時間はかからないから」

「はい」

「じゃ、着替えたら、ロビーにいてね」

村木京子は和服姿なので、着替えて来るのには時間がかかるだろう。——サユリは、よっぽど黙って帰ってしまおうかと思ったが、そんなことをしたら、後で何を言われるか分らない、と思い直した。

サユリの方は、ほとんどそのままの格好で帰れる。——当然、先にロビーに来て、腰をおろした。

「待ち合せかね」

と、二本木がやって来た。

「あ――ええ、ちょっと」

と、サユリは曖昧《あいまい》に言った。

「このところ、どうだい？」

と、二本木が訊いたが、何の話か分らないのでは答えようもない。「――村木君は何か意地悪を？」

「ああ。いえ、そんなことありません」

と、サユリは首を振った。

「そうか。それなら良かった。まあ収録の方は順調に進んでいるからね。むしろ予定より早いくらいだ。いいドラマになるよ」

「ええ」

二本木は、何か言いたげにしていたが、なかなか切り出せない様子だった。

「二本木さん……。何かお話が？」

と、サユリは訊いた。

「あ――いや、実はね、ちょっと君には申し訳のない話なんだ」

二本木は目をそらしたまま、言った。「今度のドラマの主題歌だが……別の子が歌うことになった」

「そうですか」

と、サユリは言った。

「いや、本当にすまん。――君も熱心にレッスンしているし、充分にやれるんだがね。ちょうど、プロダクションの方で、どうしても売り出したい子がいて、松永社長がその子を使いたいと言い出したんだ」

「社長がですか？　私には何も言ってなかったけど……」

「うん。実はこの話も、まだ君には言うなと口止めされてる。――ただ、君が忙しいのに、懸命にレッスンしているのを見ていると、辛《つら》くてね」

「わざわざ、それじゃ――」

「いや、君に黙って、そんなことを決めちまうのが、そもそもおかしい。――私も大分抗議したんだがね。もう君が主題歌も歌うと発表してあるわけだから」

そうなのだ。その点は不思議だった。もちろんこの世界では、そういうことが珍しくはないのだが。

「まあ、新人歌手の歌なんて、ドラマの主題歌にでもならなきゃ、なかなか耳にされないからね。その気持も分らないじゃない。君はドラマの方で顔を売れば、自然、レコードの話もまた出て来る、と。そんなところだと思うんだ」

それにしても、一言、言ってくれても——と、サユリは思った。

いや、不思議だったのは、松永がそう決めたのなら、なぜサユリに黙っているのかということだった。

確かに、一旦決ったことを引っくり返されたら、サユリもいい気持はしない。しかし、松永は、そんなことに気をつかってくれるような人間じゃないのだ。

サユリを呼びつけて、ただ一言、

「あの主題歌は他の奴《やつ》に歌わせることにしたからな」

と言って、それで終り。

むしろ、そうされれば、サユリもけげんに思わなかったろう。

なぜ、サユリに言わないようにと口止めしたのだろうか？

「すまないね」

と、二本木は、サユリが考え込んでいるのを、よほどがっかりしているせいだと思ったのか、くり返して謝った。

「あ、いえ——いいんです。そりゃあ、がっかりですけど、でも、正直言って、今はお芝居だけで夢中ですから、歌の方はまだ自信ないんです。もっと上手《うま》くなってから、やります」

「そう言ってもらえると気が楽だ」

と、二本木はホッとしたように微笑《ほほえ》んだ。「その代り、このドラマの方は、どんどん宣伝して、絶対に視聴率を取るからね」

「お願いします」

サユリはペコンと頭を下げた。

「しかし——妙な縁だな」

と、二本木は、ふと口調を変えた。

「え？」

「いや——明日のことさ」

「ああ……。そうですね」

「君と私……。あの出来事を目撃した人間が二人もいる」

「二本木さん、あの時の指揮してた人のことを——」

「もちろん、見たよ。怖くてほとんど顔も上げなかったが、チラッとでも見れば、あの顔は忘れられるものじゃない」

「そうですか……」

「ひどいことをしたもんだ」

と、二本木は首を振った。「しかし明日は、ニコニコ笑って、そいつを出迎えなきゃならん」

「お仕事ですもの」

「そうだな……」

二本木は、ため息をついた。「いや、時間を取らせたね。——彼氏と待ち合せかい？」

「いいえ、残念ながら」

と、サユリは微笑んだ。

「そうか。このところ、噂《うわさ》になってるよ。エキストラに時々来ている外国人と仲がいいんだって？」

「ええ、でも——ただ、話をするだけです」

「そうか。恋は女優を育てるんだ。まあ頑張りなさい」

「ありがとうございます」

二本木は、ちょっと笑顔を作って、それから歩いて行った。

二本木は、パコのことを、ここでは見ていないのだろう。いや、見たとしても、あの村にいた若者だとは分らないに違いない……。

パコ。——気にはなっていたのだ。しかし、今のサユリには時間がない。

足音がしたのにも気付かなかった。

「お待たせしたわね」

と、村木京子が言った。

——タクシーを降りたサユリは、ふらつく足で、何とかアパートの階段の下まで辿《たど》り着いた。

そこまで来て、タクシーの料金を払っていなかったことに気が付いたが、もう、タクシーは走り去ってしまっている。たぶん、村木京子が、サユリをタクシーへ乗せる時、払っておいてくれたのだろう。

「——ご親切なんだから、本当に！」

と、サユリは短く声を上げて笑った。「ご親切様、だわ！」

足下がふらつく。どうやって階段を上ったものやら、自分でも分らなかった。

ともかく、自分の部屋のドアへと何とかやって来た。——自分の部屋、ね。

いつまで？　明日までだろうか？　それとも、あと二、三日はお情けで置いてくれるのか……。

ふと——誰かが目の前に立ったのに気付いた。

「心配したよ」

と、パコは言った。

「パコ……」

サユリは、息をついて、「いつからここに？」

「二時間ぐらい……」

「そんなに？」

サユリは頭を振った。「ごめんなさい。私、ちょっとお酒を飲んで——」

「うん。〈付き合い〉っていうやつだろ。僕も時々ある」

パコは、ふらついたサユリを支えて、「大丈夫？」

「うん……。ドアを開けて。鍵《かぎ》は……これ」

「分った」

パコが鍵をあけてくれた。二人は、中へ入った。

サユリは、部屋へ上ると、小さなソファに倒れ込むようにして寝転った。

天井の明るさが、初めは目にまぶしい。

「明りを消そうか?」

と、パコが言った。

「ううん。いいの。つけておいて」

と、首を振る。「お水を一杯、コップに入れてくれる?」

「うん」

パコが、水を持って来てくれると、サユリは、やっと起き上った。頭が痛かったが、こうなると、酔いはさめかけているのだ。

水をガブ飲みして、やっと少し落ちついた。

「——疲れてるみたいだ」

と、パコが言った。

「そう?——そうね。少し疲れてはいるけど」

疲れが何だろう? 自分が熱中できるもののためなら、疲れはただ眠るための準備でしかない。

でも今、サユリは本当に疲れていたのだ。

「パコ。——私に、用事だったの?」

と、サユリは気を取り直して、訊いた。

「うん。いや――大した用事じゃない」

と、パコは照れたように笑った。「ただ、君の顔、見たくなってね」

「嬉《うれ》しいわ」

サユリは、パコの髪に、そっと手を当てた。

「仕事、うまく行ってるかい？」

と、パコが明るい調子で訊く。

「仕事？　ええ、とってもね」

と、サユリは肯《うなず》いた……。


「どうして――」

と、思わずサユリは言った。「どうしてそんなでたらめを？」

「でたらめ？」

と、村木京子が目を見開いて、「私が嘘《うそ》をついてるっていうの？」

怒っている様子はなかった。微笑さえしている。

その余裕が、サユリにとって、不安ではあった。

ほの暗いスナック。――村木京子の話には、ふさわしい場所だったかもしれない。

「――あなたの気持は分るわ」

と、村木京子は肯いて、「せっかくチャンスをつかんだのにね。でも、こんなことは珍しくないのよ」

「信じられません」

と、サユリは言い返した。「二本木さんも、音田さんも、何も言ってないのに」

「そりゃそうよ。そう言ったら、明日の収録に差し支《つか》えるじゃない」

「だからって――」

「じゃ、見せてあげるわ」

と、村木京子はハンドバッグを開けると、中から封筒を取り出した。「中を見てごらんなさい」

サユリは中の書類を取り出して、広げた。――企画書、というものだ。サユリも、何度か見たことがある。

タイトルは、今サユリが収録しているドラマそのものだった。内容説明もほとんど同じ。ただ、違っているのは、出演者の欄に、「双葉サユリ」の名がないことだった。

サユリが演じている役には、歌手で人気のある少女が、代りにキャスティングされていた。企画の趣旨の所には、

「双葉サユリによる収録は中止し、あくまで村木京子中心のドラマ展開としたい」

とあった。

「分る？」

と、村木京子は言った。「やっぱり上の方が心配になったのよ。あなたはね、そりゃ熱心だし、なかなか力もあるわ。その点は私も認める。でもね、華がないの。スターらしい、パッと光るものがね。その点に上も気が付いたのよ」

「待って下さい」

と、サユリは必死で感情を抑えて、「私、納得できません！　はっきり、直接、話を聞きたいんです」

「それは無理よ」

「どうしてですか」

「当面は、明日の、例の何とか大統領の見学を乗り切らなきゃ。そのためには、あなたをおろして、トラブルを起すわけにいかないもの」

「そんな――」

「だからね、この話も、本当は明日まで極秘《ごくひ》なのよ」

と、村木京子は、書類をバッグへ戻しながら、「ああ、もう一つ、当然、主題歌もあなたは歌わないのよ」

サユリはドキッとした。

「そのことはさっき、二本木さんから……」

「聞いたの？　そう。——まあ、あの人は、あなたに同情的だからね」

「ともかく、私、社長さんに会って話を聞きます」

そう簡単に信じられるものではない。既に何日か収録を進めて来たドラマを、突然キャストを変更してやり直すなんて！

たとえ村木京子がサユリを嫌ったとしても、そこまでやることはないはずだ。

サユリは、立ち上ろうとした。

「待って」

と、村木京子はサユリの手をぐいとつかんだ。「まあ座って。——落ちつくのよ」

「離して下さい」

「今カッカして社長さんの所へ怒鳴り込んだら、どうなると思うの？　あなた、ほされて二度とTVに出られないわよ」

サユリは、腰をおろした。

「そう。いい子ね」

と、村木京子は微笑んだ。「私ね、あんたに色々嫌味《いやみ》は言ったけど、本当はあんたのこと、気に入ってるのよ」

「恐れ入ります」

と、サユリは言ってやった。

「そう怒らないの」

と、笑って、「いい？　この番組はだめでも、あなたにはまだいくらもチャンスがあるわ。私、来年から、新しい連続ドラマをやることになってるの」

「それが私とどういう関係があるんですか？」

「そこでレギュラーメンバーの一人に、あなたを使ってあげてもいいわよ」

と、村木京子は言った。「ディレクターやプロデューサーに、予《あらかじ》め言っておけば、必ず使ってくれるわ」

「通行人ですか」

「そうね。行きつけの喫茶店のウエイトレスとか。――それだって、レギュラーとなれば毎週顔が出るのよ。たいしたもんだわ」

「〈ウエイトレス・A〉ですか」

「みんなスタートは同じよ。どう？」

サユリは、肩をすくめた。村木京子は、続けて、

「その代り、明日の収録のとき、遅れて来てほしいの」

「――どういう意味です？」

「私の出番はね、早いうちに終っちゃうのよ、せっかく大統領が見に来るっていうのに、その時間には、もう私がいないってことになりそうなのよ。おかしいでしょ？主役が出てない収録風景を見せるなんて！　だから、そこまで、あなたとの絡《から》みを引きのばしておきたいの。――どう？」

冗談じゃない！　冗談じゃないわ！

サユリは、心の中で、そう叫んだ。

「私――」

「パコ……」

と、サユリは言った。

「うん？」

「あなた、明日、ガレスを殺して、自分も死ぬ気でしょう。だからここへ来たんでしょう」

パコは、その澄んだ目で、じっとサユリを見ていたが、やがて、

「僕はもう死んだんだ」

と言った。「あの日、あの村で……」

パコの気持は、サユリにもよく分る。

「分るけど……。でも、やっぱりいけないわ。あなたは生きてるんだもの。そんな死に方をしちゃいけない」

「君に迷惑をかけたくないとは思うよ」

パコはすまなそうに言った。「でもね、これぱっかりは、どうすることもできない。それに、僕はむだに死ぬわけじゃない。正直言って、ガレスはまだ足下《あしもと》がグラグラしてるんだ。いくらでもガレスの地位を狙《ねら》ってる奴がいる」

「それはそうでしょうね」

「だから、ガレスも必死なんだよ。ここで日本から援助や協力を取りつければ、かなり、足下をしっかりできる」

「だったら、あのビデオを公開して、失脚させるだけでも、充分じゃないの」

「うん。――でも僕にとっては充分じゃない。あの村の人たちも、そう思ってるだろう」

サユリは、ちょっと目を伏せた。――自分も、もし生れ故郷の町をあんな風に全滅させられたら、戦わないだろうか？

「もし、ガレスが死ねば、後の連中はみんなヒョウタンの背《せい》くらべだ。大混乱になる。みんなの力で、きっと道は拓《ひら》ける」

「――分ったわ」

と、サユリは微笑んだ。「もう止《と》めない。でも、パコ」

「何だい？」

「あなた、間違ってるわ。『ヒョウタンの背くらべ』じゃなくて、『ドングリの背くらべ』って言うのよ」

「そうか。――見たことないものって、憶《おぼ》えられないね」

パコは笑った。

もう、この笑顔も、明日で見られなくなる。――たぶん、永久に。

そう考えると、サユリの胸は引き絞るように痛んだ。

「パコ。今夜は泊って行って」

「でも、君は――」

「明日、一緒に行きましょう。私となら、スタジオにもっと簡単に入れるわ。私も、できることがあれば、力になるわ」

「いや、これは、僕の戦いだ」

と、パコは首を振った。

「じゃ、せめて――」

サユリはパコを抱き寄せた。


「――部屋の明りが消えたぞ」

と、男の一人が言った。「どうする?」

「放っとけって命令だ」

と、もう一人が肩をすくめる。

二人は、暗い道から、サユリのアパートを見上げていた。

「しかし、しゃくだな。――可愛い女なのに」

「やくなやくな」

と、一人が笑って、「何なら最中に踏み込んで、やっつけるか?」

「それがいいや。どうせ二人とも殺《や》っちまうんだろ」

二人は、少し間を置いて、肯き合った。

「――構うこたあねえ。やろう」

「よし」

二人が歩き出そうとすると、すぐ後ろで咳払《せきばら》いの音がした。二人がギョッとして振り向く。

「――人の恋路の邪魔をしてはいけません」

と、言ったのは、もちろんダルタニアンである。

「いつからそこにいたんだ？」

男たちは信じられない様子だった。

「いつでしょうかな」

クルリとステッキが回った。「私は、このアパートの用心棒でね」

「やっちまえ！」

カチッ、カチッ、とナイフの刃が二回鳴った。――暗い夜だが、街灯がないわけでもない。

かすかな光の中で、三つの影がもつれた。白い光の筋が、ヒュッ、ヒュッと交錯して走った。

「――こういう連中には、あまり同情する気になれないね」

と、ダルタニアンは、よろけて膝《ひざ》をついた二人の男たちを見て、剣をステッキの中へ納めた。「早く医者へ行けば、命は助かるよ」

二人の男たちは、脇腹《わきばら》を押えて呻《うめ》きながら、這《は》うように逃げて行く。

ダルタニアンは、サユリの部屋の暗い窓を見上げて、

「ごゆっくり」

と、呟《つぶや》くと、暗がりに引っ込んで、塀にもたれたまま腕を組み、目を閉じた。

——朝まで、サユリの部屋には明りが灯《とも》らなかった。

12 警備の問題

窓の外は、やっと白み始めていた。

「やれやれ……」

Tホテル警備主任の津田は、体中の力が抜けていくような気がした。

こんなに疲れたのは初めてだ……。

「津田さん」

と、声をかけて来たのは、まだ二十代の太田というガードマンである。

若いが、責任感があって、大学でレスリングをやっていたというだけあって、体格もがっしりしている。

「やっと朝だな」

と、津田は肯《うなず》いて言った。「明るくなりゃ、まあ一安心だ」

「そうですね。いや、長かったなあ、ゆうべは」

さすがに、若い太田もくたびれたらしく、帽子を取って、ハンカチで額を拭《ぬぐ》った。

「一か月分も働いたみたいだ」

と、津田は言った。「――まあ、ここを出ちまえば、もう何があっても我々の責任じゃないからな」

「そうですね」

二人は、廊下へ出た。――目つきの鋭い背広姿の男が立っていて、ジロッと二人を見た。

「ご苦労様です」

と、津田が言っても、返事もしない。

ガレス大統領の警備に当っているSPである。

太田は、声が聞こえない所まで来ると、

「全く感じが悪いや。こっちまで泥棒みたいに見られて」

と、こぼした。

「しっ！」

と、津田がたしなめる。「どこで聞いてるか分らないんだぞ。大きな声を出すな」

「はい。――でも、そう思いません？」

「何も、そんなに心配なら、こんなホテルに泊ることないんだ。迎賓館《げいひんかん》だって、刑務所だって、どこでもいいのに」

「そりゃ思うさ」

「またずいぶん違う所を持ち出したな」

と、津田は笑って、「まあ、色々難しいんだ。あの国はまだ不安定だからな」

「見ましたか、ガレスってのを？」

「うん。お前も見ただろう？」

「ええ。目つきが凄《すご》くてね。やくざみたいだった」

「取っ捕まるぞ」

と、津田は苦笑した。

——しかし、正直なところ、ホテル側としても、早く引き取ってもらいたい「客」には違いなかった。

安全のため、というので、全客室の半分を占めている新館の建物を全部、ガレスのために閉めているのだ。

使っているのは、ガレス本人と、その同行した役人たちの分、せいぜい十室ほどで、それ以外は全部、空室のまま閉めてある。

たった三泊といっても、大変な損害になる。しかも、一般客を入れている本館の方も出入口のチェックがやかましく、警官が目を光らしているので、来た客もいやがって、他のホテルへ移ったりしていた。

ホテル側としては、それを止めるわけにもいかず、近くのホテルの空室をわざわざ捜してやったりするのだから、その手間も馬鹿《ばか》にならない。

レストランもガラガラ、開店休業の趣《おもむき》だった。

これで、何か事故があれば、ホテルの責任になる。――警備を任せられた津田にとっては、全く気の重い三日間だった。

自分だけが警備するのならまだいいのだが、ともかく、警官が何百人も来ていて、命令する人間が何人もいる。津田としては、ホテルの中を一番よく分っているのは、自分たちなのだから、任せてほしいと思うのだが、相手が警察では、何ともできないのである。

屋上に怪しい人間、というので駆けつけると、地方から回されて来た警官が迷って屋上をウロウロしていたりする。

どこに何人の警官を配備するかというのを、「秘密」だと言って、津田にも教えてくれなかったので、さすがに、その点は強く抗議して、やっと図面にしてもらった。

しかし、SPだけはだめだ。あれは特別なのである。

警備よりも、そっちの方で、津田は神経をすり減らしてしまった。

「――ゆうべのは、何だったんでしょうね」

と、太田が言った。

「分らんね」

と、津田は首を振った。

過ぎたるは及ばざるが如し。――これは警備にも当てはまる、と、既にこの道三十年のベテラン、津田は考えている。

あんまり人手を動員しては、却《かえ》って、知らない顔がいても分らないから、混乱する。

それに、ゆうべも最新式の防犯システムが作動して、ホテル中、上を下への大騒ぎで、異常を捜して回ったが、ついに何も見付からなかった。

どんな感知器にしても、人間の目とは違う。敏感になればなるほど、木の葉一枚、枝一本で鳴り出して、人間を飛び上らせるのである。

警備には、適切な人数、適切な装備がある。それを越せば、まあ近付こうとする人間の威嚇《いかく》にはなるかもしれないが、実際の役にはたいして立たないのだ。

「――今日は何時に出かけるんですか」

と、太田が訊《き》いた。

「九時かな。八時に朝食だと思った。帰りは夜の十時ごろだろう」

「レセプションがあるんでしたね」

「このホテルじゃないけどな。——助かるよ。ここでやられたら、また一仕事だ」

千人近い客が招待されることになっていたから、ホテル側としてはここで開いてほしかったのかもしれないが、こういう公式の訪問の場合、いくつかのホテルに、宿泊やパーティなどを振り分けなくてはならないらしい。

しかし、警備の立場からすれば、それこそ千人からの招待客と来れば、また神経をすり減らすことになる。よそでやってくれて大助かりというところである。

「——そうだ」

と、太田が言った。「今日、確かTV局を見に行くんですよね」

「ガレス大統領が？——ああ、そんなことを言ってたな」

「いいなあ。その時にはついて行きたい」

「よせよ。眠ってる暇がなくなるぞ」

と、津田は笑った。

「僕、双葉サユリって子のファンなんです」

「誰?」

双葉サユリ。——まだほとんど売れてないんですけどね、でも、真面目そうで、い

い子なんですよ」

「へえ、珍しいじゃないか」

と、津田は言った。

「その子がね、ちょうどあのガレスって人が見に行くドラマに出てるんです」

「ほう。しかし、物好きに、そんなものをどうして見に行くんだろう？」

「そうですね、昨日はあんな事件があったのに」

「もしかすると――」

「何です？」

「ガレス大統領も、双葉サユリのファンかもしれないな」

太田が愉快そうに笑った。

「――おい！」

と、怒ったような声が飛んで来た。

後ろから、ＳＰの一人がやって来ると、

「何だ、大きな声で笑ったりして」

と、文句を言った。

「笑っちゃいけませんか」

と、太田がムッとして言い返す。

「おい。――どうもすみません。朝になって、ついホッとしたもんですからね」

と、津田は太田を抑えておいて、言った。

「ちゃんと真面目にやってくれよ。暗殺しようと狙《ねら》ってる奴《やつ》がいるんだからな」

と、SPは、面白くなさそうな顔で言うと、歩いて行った。

「――やれやれ」

と、太田は首を振った。「頭にくるな、全く！」

「まあ、気持は分るが、カッカするな」

と、津田は、太田の肩をポンと叩《たた》いた。「早いとこ、一回りしよう」

二人は、ガレスの泊っているスイートルームのあるフロアへ上った。

廊下には、SPや刑事が、五、六メートル置きに立っている。

他の部屋は一つも使っていない。このフロアは正に貸し切りなのである。

「おはようございます」

と、津田は帽子を取って言った。

「しっ！」

と、SPの一人がにらんで、「大統領はまだお休みだ」

こんな声ぐらいで起きるわけがない。大体、スイートルームは、寝室が奥にあるのだ。

「昨日の原因は分ったのか？」

と、SPが訊く。

「いえ、結局、よく分らないままで」

と、津田が答える。

「まずいな。また今夜何かあったら、どうするんだ」

「機器の再点検を昼間のうちにやらせるようにしてあります」

「ああ、ちゃんとやっといてくれ。ともかく用心に越したことはない」

「かしこまりました」

役人という奴には逆らっても仕方ない。

津田は経験から、そう分っていた。

太田は、スイートルームの両開きのドアの前に立っていた。SPや警察の相手は、専《もっぱ》ら津田に任せている。そうでないと、ケンカしてしまいそうだった。

「――おい、行くぞ」

と、津田が促したが、太田はちょっとためらった。

「どうしたんだ？」

「津田さん。今……」

と、太田は言いかけて、「ガレス大統領は一人で休んだんでしょう？」

「そのはずだ」

「でも――女の人の声がしましたよ」

と、太田は言った。「何だか笑い声が」

「まさか」

と、ＳＰが笑って、「そんなことはあり得ない！」

「でも、本当に今……」

と、ドアの方を見る。

「じゃ、きっと、ＴＶか何か見てるんだろう」

「でもまだ朝の五時過ぎですよ。こんな時間に――」

と、太田は言いかけて、言葉を切った。

目の前のドアが開いて、本当に女が顔を出したからである。

「わあ、凄い」

と、その女は廊下を見回して、目を丸くした。「廊下中、お巡りさんだらけ！」

ヒョイ、とその後ろから顔を出したのは、ナイトガウンを着たガレスだった。

ポカンとして突っ立ったまま、身動きもできない、SPたちを見て、ガレスはニヤッと笑うと、

「オハヨウ、オハヨウ」

と、日本語で言って、その若い女の頰《ほお》にチュッとキスした。

女は、フフ、と笑って、ガレスにキスを返すと、

「すてきだったわよ！　おじさん！」

と言って、「またね！」

と、手を振る。

ガレスが、女の手に、金らしいものを握らせると、女は、

「あら、嬉《うれ》しい！」

と、声を上げ、「大好きよ！」

と、もう一度ガレスにキスした。

「じゃ、バイバイ！――パパ、帰りましょ」

「うん」

パイプをくわえた中年の男が出て来ると、女と一緒に、エレベーターの方へ歩き出す。

誰もが呆気《あっけ》に取られていたが、やっと我に返ったSPの一人が、

「おい！」

と、女たちを呼び止めた。

「ノー！」

と、ガレスが声を上げて、そのSPに向って、強く首を振って見せる。

中年男と若い女の二人は、悠々とエレベーターに乗って、下りて行った。

ガレスが、啞然《あぜん》としているSPや津田たちを見てニヤリと笑うと、ちょっとウインクして見せて、

「オヤスミ」

と日本語で言って、ドアを閉めた。

——誰もが、たっぷり五分近く、その場から動かなかった……。

「パコ、朝よ」

目を覚ましたサユリは、部屋の中が明るくなっているのを見て、そう言った。「ね、パコ——」

と、体を起こして、もうパコがベッドにいないことに気付いた。

「おはよう」

と、声がした。

「あら……」

もう、パコは起き出して、台所で何やら作っているのだ。サユリは赤くなって、

「いやだ！　起こしてくれればいいのに」

と、急いでベッドから出て、服を着た。

「大丈夫。僕はいつもやってるから、慣れてるよ」

パコは楽しそうに言った。

サユリが顔を洗って出て来ると、もうテーブルには卵やトースト、コーヒーが並べてあった。

「——時間、間に合うのかい？」

と、パコが訊いた。

「うん。大丈夫。ここは近いから」

二人は、一緒に朝食を取った。——たぶん、これが一緒に食べる最初で最後の朝食だろうが、二人ともそのことは話さなかった。

眠った時間は少なめだが、少しも疲れは感じなかった。サユリは、幸せだった。

音田と一番うまく行っている時だって、こんなに爽《さわ》やかに朝を迎えたことはない。

「——そろそろ行かないと」

と、言ってから、村木京子の話を思い出した。

村木京子の話にショックを受けたのが、何だかずっと昔のことのような気がする。

——たいしたことじゃないわ、と思えた。

もちろん、役をおろされたらショックには違いない。しかし、そんなことでサユリをおろしたりして、損をするのは、村木京子や、お偉方《えらがた》の方なのだ。

少なくともサユリは、今度のドラマのことで色々インタビューされたり、TVにも出たりしたし、本番での演技の緊張感も体験した。

あれだけだって、充分にいい勉強になったんだから。——負け惜しみでなく、サユリはそう思ったのである。

ともかく時間には遅れずに行こう。

「パコ」

と、サユリは言った。「やっぱり、やるの?」

「うん」

と、肯く。「君には迷惑がかからないようにしたいけど……」

「そんなことといいの。でも、やっぱりかなり出入りはうるさいと思うわ」

「何とかするよ」

「じゃ、私と行きましょう」

と、サユリは言った。「荷物を持って来て、一緒に」

「いや、そんなことはできないよ」

と、パコは強く首を振った。「君まで共犯と見られるかもしれない」

「私、構わない」

と、サユリはためらわずに言った。

「でも――」

「大丈夫。私のことは心配しないで。あなたの力になりたいの」

サユリが手をのばして、パコの手をつかんだ。――パコは、もう一方の手で、それを包んだ。

「それじゃ、君の力を借りることにするよ」

と、パコは言った。

「武器はあるの？」

「ナイフがある。何とか近付けば——」

と、持ち込めないわよ、そんなもの」

と、サユリは言った。「きっと入口で持物を調べると思うわ」

「そうだろうね。——でも、中で何か調達できるかな」

「TV局って、どんなものでも揃《そろ》ってる所よ。もちろん、本物のピストルはないけどね」

と、サユリは、ちょっと考えて、「——そう。何か考えた方がいいわ。何か持ち込もうとして、入口で見付かったら、それこそ、水の泡だもの」

「水の泡……」

パコは、ちょっと眉《まゆ》を寄せて、「セッケンのこと？」

と訊いた。

出かける仕度をして、サユリは、

「これでよし、と」

息をついて、「――パコ、行きましょう。これ、持って」

わざわざ荷物をふやして、パコがついて来るのが不自然に見えないようにしたのだった。

「分った。何が入ってるんだ？」

と、大きなボストンバッグを持って、パコが目を丸くした。

「化粧道具から、靴から何もかも。かさばるけど、そんなに重くはないでしょ？」

と、サユリは笑った。

「三倍あっても大丈夫だ」

「じゃ、私もかついで行ってもらおうかな」

と、サユリは、いたずらっぽく言った。

「それじゃ――」

と、パコが玄関の方へ行きかけるのを、

「待って」

と、止めて、サユリはパコにキスした。

「――もう思い残すことはないよ」

と、パコは言った。

二人が出ようとした時、電話が鳴り出した。

「あら、誰かしら。待っててね」

電話へ駆け寄って、「――はい、双葉サユリです」

「やあ、僕だ。水島だよ」

「水島さん？　どこからかけてるの？」

サユリがびっくりするのも当然だ。

水島は、昨晩、大崎が水島と神原を引き取りに来たのを話して、

「いや、すっかり誤解してたんだよ」

と言った。

「誤解って？」

「大崎さんのことを。僕らの身を心配して、あそこへ入れたんだ。あそこならまず、狙われることはないからね」

「まあ。そうだったの」

「大崎さんは、P国の政府高官と交渉して、話をつけたんだ」

「話をつけた、って……。じゃ、あのビデオは？」

「うん、ガレスを失脚させる計画が、向うの政府の中で進んでたらしいんだよ。ちょ

うど日本へ来ている時に、あのビデオが公開されれば、ガレスは立場がなくなり、国際的にも信用を失う。そうなれば、向うではすぐにクーデターが起る、という筋書なんだよ」

「でも――そううまくいく？」

「大丈夫。そのために、今日、僕と神原君も局へ行く。大崎さんが一緒なら、大丈夫、入れるさ」

「じゃ、局で？」

「そう。ガレスが二時に来る。当然、報道陣も沢山やって来る。その目の前で、僕があのビデオをモニターへ流してやる。僕と神原、それに、大崎さん、君、二本木さんと、あの時の目撃者が全部揃うんだ。絶対に言い逃れはできないよ」

サユリは興奮して来た。

「分ったわ！　私は何をすればいいの？」

「君はいつもの通り、やっていてくれ。何といっても、五人の中じゃ、君がガレスのしたことを告発するのには一番目立っていい。その時になったら、あの日、見たことを話してくれ。――やってくれるね？」

「もちろんよ！」

「よし。じゃ、向うで会おう。僕と神原は、テープをコピーして、モニターに出るようにセットしておく」

「ええ。――気を付けてね」

サユリは、受話器を置くと、「パコ！」

と、声を上げてパコに飛びついた。

「どうしたんだい？」

パコが目を丸くしている。

サユリが今の水島の話を伝えると、パコは頬を紅潮させて、

「――良かった。みんな無事だったんだね！」

と言った。

「ねえ、パコ。これがうまくいけば、ガレスは失脚して、帰る所もなくなるのよ。あなた――それでも、ガレスを殺す？」

パコは目を伏せた。サユリは、急いで言った。

「やめてと言ってるんじゃないの。あなたの自由よ。私とあなたじゃ立場が違うから。――ただ、できることなら、あなたに生きていてほしいから……。そして私、あなたと一緒に暮したいから」

パコが、じっとサユリを見つめた。

「僕も――ゆうべから、生きていたい、と思うようになったよ」

と、パコは言った。

二人は固く手を握り合った。持っていたボストンバッグが足の上に落ちて、

「ワッ！」

と、パコが声を上げた……。

13　見慣れた目

「――疲れちゃった」

と、やって来たサユリが言った。

「ご苦労様」

私は、ねぎらいの言葉をかけて、「今日はずいぶん粘《ねば》ってるのね」

と言った。

実際、もう午後の一時が近いというのに、まだ午前中の分の半分も収録が終ってい
ないのだということだった。

「やっぱりだめよ」

と、村木京子が言い出した。「やり直しましょ。今のは、セリフがはっきりしてな
かったわ」

「おい、村木君……」

音田がうんざりしたように、「一体どうしたっていうんだ?」

「あら、何が?」

「朝から、やり直しの連続じゃないか。もうスケジュールはずいぶん遅れてるんだ」

「それがどうしたの?」

と、村木京子は涼しい顔である。

「君だって、分ってるだろう。全部の出演者を、丸一日、ここに足止めしとくわけにゃいかないんだよ。夕方から他の仕事の入ってる人もいる。僕がOKなんだから、いいじゃないか」

「見解の相違ね。私は、いいものを作りたいの。撮り直しの時間もないようなドラマなんて、ろくなもんにならないわ」

音田は、くたびれ切ったように、肩を落として、

「——分ったよ」

と言った。「しかし、もうすぐ一時だ。二時にはガレス大統領が着く。——よし。みんな昼食にしよう。一時半にはここへ戻っていてくれ」

私は、サユリの方へ、

「どうして今日に限って、急に完全主義者になったの、あの人?」

と訊《き》いてみた。

「引きのばしてるんです。早くやると、ガレス大統領が来た時、自分の出番は終っちゃってるから。それがいやなんです」

「なるほどね」

私は肯《うなず》いた。スターというのも、なかなか難しいもんだわ。サユリも、必死で村木京子に付き合っていた。――確かに、やり直しが続いて、二人の演技は、正に火花を散らしそうなところまで盛り上るかのようだったが、ただこのシーンだけがそれでは、却《かえ》って浮き上ってしまうかもしれない。

しかし、たとえ浮き上っても、一つぐらい、

「うまい！」

と思えるシーンがあった方がいい、とも言える。

「――おい、サユリ君、食事に行こう」

と、二本木が誘いに来た。

「どうぞ行って来て」

と、私は言った。「私、昼はすませて来ちゃったから」

「それじゃ」

とサユリが会釈して、二本木と一緒に歩いて行く。

私も廊下へ出てみた。

「——どうかね？」

振り向くと、いつの間にやらホームズ氏が立っている。

「パコが来てるわね」

と、私は言った。「サユリさんの様子を見てれば分るわ。顔が緊張してるし、時々、心配そうに誰《だれ》かを捜すように見回してるし」

「そうだ」

「それに、彼女のあの打込みようは凄《すご》いわよ。今日は特別だわ。不安を何とか、演技に熱中して忘れたいと思ってるんだわ」

「なるほど。——すると、どこかにパコが隠れてるんだな」

「見つけられる？」

「無理でしょうな。この広さだ。それに、人間も多い」

「ガレスの行動は？」

「ラジオで聞きましたよ。予定の時間通りで動いている」

「すると、やはり二時にここへ来るのね」

と、私は言った。「大崎たちはどこかしら?」

「まあ、そっちはダルタニアンに任せましょう。彼なら大丈夫」

「そうね。――ガレスは正面玄関から入るのね?」

「そうです。まず上に行って、社長と会い、十分間休憩してから、スタジオの方へ下って来る。モニタールームや、資料室も見ることになっている。そしてこのスタジオへ――」

「いよいよってわけね」

と、私は肯いた。「うまくいくかしら?」

「やらなくてはね。ガレスの思う壺《つぼ》にはまってしまう」

と、ホームズ氏は言った。

「お嬢様」

と、声がして、びっくりして振り向くと、一江がニコニコしながら立っている。

「何しに来たのよ?」

「いつもいいところでは除《の》け者じゃ、つまりませんもの」

「呆《あき》れた」

と、私は苦笑した。

「それに、これをお忘れです」

と、一江がボールペンを差し出した。

「例の？」

「はい。弾丸も入っています」

ボールペン型の拳銃《けんじゅう》なのだ。相当近くからでないと効果はないが、確かにあった方がいいかもしれない。

「じゃ、持っているわ」

と、受け取って、「問題は、どういう手で来るか、ね」

「その通り」

ホームズ氏は、首を振って、「これだけ色々電線やコードが這《は》い回っていると、一本一本辿《たど》って見ることもできない……。どこかに爆弾が仕掛けてあるかもしれないのですがね」

そこへ、小柄な老人が来て、

「ちょっとどいて！」

と、叱《しか》られた。「邪魔だよ」

「あ、はいはい」

と、私たちはあわてて道をあけた。

その老人、見た目は弱々しいのだが、大きな植木の鉢をヨイショとかかえて、スタジオへ運び込んで行く。引張って来た台車にはまだ四つのっていた。

戻って来た老人に、

「手伝いましょうか？」

と、声をかけると、ジロッとにらまれてしまった。

「手伝いたかったらね、そこにいないでくれ。わしゃ、この小道具を四十年やってるんだ。人に手出しされるのが大嫌いなんだ！」

「どうも、失礼……」

と、私は引きさがった。

「あの人はここの名物なんですよ」

と、通りかかった若い男が、笑いながら言った。「小道具の主《ぬし》というかな」

「へえ」

「その代り、膨大な数の小道具を全部憶《おぼ》えてて、何か欲しいと言われると、パッと持って来るんです。凄い人ですよ。だから、みんな好きにさせてるんです」

「なるほどね」

と、私は肯いた。

どの世界にも、そういう人が一人や二人はいるものだ。もちろん、そういう人ばっかりでも困ってしまうだろうが、やはり貴重な存在には違いあるまい。

「――さて、そろそろガレスが前の訪問先を出たころだな」

と、ホームズ氏が言った。


「――これだ」

と、水島が言った。

モニターTVの画面に、いくらかぶれ気味の、しかしはっきりした映像で、あの村での惨劇が映し出されると、水島も神原も、しばし言葉がなかった。

「――現実とは思えない、今でも」

と、神原が言った。

「しかし、本当のことだ」

と、水島は首を振って言った。「おい、コピーを取ろう。生テープをセットしてくれ」

「はい」

二人は、資料室へ入りこんでいた。——何かニュースがあった時、古いビデオを捜し出せるように、膨大な量のテープがストックしてある。

「すぐ終る。——いいか？」

「ちょっと待って……はいＯＫです」

テープが回り出す。これでダビングができるのだ。

「——こいつを目の前で見せてやったら、ガレスの奴《やつ》、びっくりするだろうな」

と、神原が言った。

足音がして、振り向くと、大崎がやって来たところだった。

「どうだ？　見付かったかい？」

「ええ。今、ダビングしてるところです」

と、水島は答えた。

「そうか。ダビングしなくても良かったのに」

と、大崎は言った。

「でも、そうしないと使えませんよ」

「いいさ、どうせ消しちまうんだから」

大崎の言葉に水島と神原が椅子《いす》から腰を浮かすと、テープを納めた棚の間から、男が二人、現われた。拳銃を持っている。

その銃口は、水島と神原に向けられていた。

「大崎さん、あんたは——」

と、水島は、拳《こぶし》を固めた。

「そのテープがどこに入っているか、知りたかったんだ。これで分った」

と、大崎は笑って、「心配することはない。きれいに消しておくよ」

「やっぱり騙《だま》してたんだな!」

「そりゃそうさ。君らをあの病院へ入れたのも、他の人間にしゃべられちゃ困るからだ。水島君がサユリ君へ電話してるのを、盗み聞きしてね、例のテープは、なじみの女に取りに行かせたんだが……。こんな所にコピーしてあったとはね」

大崎は首を振って、「君は実に僕の教えを忠実に守ってるな」

「ガレスに買収されたのか!」

「独裁者というのは、孤独なものでね」

と、大崎は言った。「周《まわ》り中、敵ばかりなんだよ。だから、自分の身の安全が総《すべ》てに優先する。——そのためには、高く払うんだ」

「それでもカメラマンか!」

「正義感だけで仕事ができるのは、若い内さ」

「こんな所で撃てば、誰かが来るぞ」

「心配いらないよ」

と、大崎は言った。「消音器というものがある」

二人の男の内、一人の方が、拳銃の銃口に、消音器を取り付けていた。――水島と神原は、青ざめたが、目はキッと大崎をにらみつけていた。

「――君らのことは、マスコミに悪くは言わないから安心してくれ」

と、大崎が少しわきへ動いて「惜しい腕だよ」

ドンと短く詰った音がした。――大崎が胸を押えて、目を見開いた。

後悔する間もなかっただろう。大崎は、その場に崩れるように倒れた。

「――お待たせしたね」

と、その男が、銃口を水島へ向ける。

「どういたしまして」

と、どこからか声がした。

「誰だ！」

と、男たちが左右へ目をやる。

影が棚から棚へと、素早く動いた。拳銃が鳴る。

ヒュッ、ヒュッ、と音がした。

二人の男は、拳銃を取り落とすと、交錯するようにして倒れた。

「いやな商売だね、殺しのプロなんて」

ダルタニアンが、剣をステッキの中へおさめて、「さあ、予定通り、放映といきましょう」

と、言った。


「じゃ、前のシーンをもう一度だ」

と、音田が言って、再び収録が始まった。「サユリ君、セットに入って」

「はい」

居間のセットへ上ると、サユリは、呼吸を整えた。

一時四五分だった。もうガレスはこの局へ着いているだろうか？

パコ……。どうかうまくいきますように。

「じゃ、村木君、思い通りにやってみてくれよ」

と、音田は言った。「――村木君。――村木君は？」

スタジオの中がザワついた。

「いませんよ」

と、声があった。

「いない？　どういうことだ！」

音田は完全に頭に来ていた。「あれだけ文句を言っといて、今になって、いません、だと！　ふざけるな！」

いくら怒っても、肝心の本人がいないのだから、仕方ない。

サユリは、不思議な気がした。――あれほど、ガレスが見学に来るのを待っていたのに、なぜいなくなってしまったのだろう？

「よし！」

と、音田が言った。「このシーンはやめだ！　おい、このセットで撮れるシーン、ないか？」

「〈シーン12〉なら。でも、一人足りません」

「一人足らない？」

「サユリ君の友だちの役が」

「そんなもん、ぬかせ」

「そういうわけには……」

「セリフを変えられないか？――おい、ちょっと待機してろ。今、見てみる」

「音田さん」

と、サユリは近付いて行って、声をかけた。「少し待ちましょう。きっと、村木さん、戻って来ますよ」

「いや、だめだ」

と、音田は首を振った。「もし戻らなかったら？　大統領に、何もしないで、ボケッと待ってるところを見せるのか？」

「それはそうですけど……」

「〈シーン12〉だ。――憶えてるな？」

「セリフは全部一応。でも……」

「友だちの役だな、問題は。セリフは二つしかないが、いないと成り立たない」

「やっぱり無理ですよ」

「いや、待て……」

と、音田は何か思い付いた様子で、スタジオの中を歩いて行った。

私はちょうどその時、二本木が遅れてスタジオへ入って来るのを見ていた。

何をしていたのか、汗をかいている。ハンカチを出して、額の汗を拭《ぬぐ》っていた。

「――ちょっと」

と、音田が私に声をかけて来たので、面食らった。

「何ですか？」

「あのね、ちょっと来て」

と、手をつかんで、セットの方へ引張って行かれる。

「どうしたんです？」

「ここに座って」

と、セットのソファへ座らされる。

「ここ、セットでしょ？」

「そう。君、このシナリオの〈シーン12〉、この〈友人〉って役をやってくれないか」

「ええ？」

これにはびっくりした。

「音田さん、この方は――」

と、サユリが言いかけるのも構わず、

「頼むよ。大して難しい役じゃない。セリフは、ほら、この二つだけ。――これぐらい憶えられるだろう？」

「あの、私、別に――」

「この役はね、まだ一回も収録した中に出て来ないんだ。だから誰がやっても大丈夫」

そんないい加減な！

しかし、音田の方は、問答無用で、

「じゃ、〈シーン12〉の出番の人は、ここへ来て！――いいね、セリフのよく入ってないのは、急いで憶えろ！　五分以内！」

――唖然《あぜん》としている内に、他の役者たちもあわてて本読みを始めた。

「すみません」

と、サユリが呆れ顔で、「何て無茶なこと言うのかしら！」

「ま、私はいいけどね」

と、私は苦笑した。「でも、あなた、やりにくくない？」

「私ですか。そうですね」

と、サユリは、ちょっと微笑《ほほえ》んで、「鈴本さんが出たら、私なんか、かすんじゃう」

「まあ、凄いお世辞」

と、私は笑った。

ソファのわきに、さっきあの小道具の老人が運んでいた植物の鉢が置いてあった。

「――そろそろ、来ますね」

と、サユリが低い声で言った。

「そうね」

私は、ちょっと心配になって、「ねえ、あのパコって人、何かやるんじゃない？」

「大丈夫です」

「でも……」

「ゆうべ――彼と一緒でした」

と、サユリは言った。「彼、私と暮したいって言ってくれました。――大丈夫です」

「そう。良かったわ。それ聞いて安心した」

私は、そっとサユリの手を取って言った。

「幸せにね」

サユリが嬉《うれ》しそうに顔を赤くする……。

五分、と言ったが、十分ほどかかった。

私も、自分の分のセリフ、二つを憶えて、きっかけは音田が出す合図を見ていればいいということになった。

「――じゃ、テスト行くよ！」

と、音田が怒鳴った。「おい！　ライト、明る過ぎるぞ！　夕方なんだからな」

テストを通してやってみると、なかなかそれなりに面白かった。私のセリフといっても、至って簡単なもので、別に合図がなくとも、出を間違えることもなかった。

「――すばらしい！」

音田は、テストが終ると、拍手した。「いい勘だ！」

「どうも」

と、私は礼を言った。

何といっても、名探偵は、名優でもなくてはならないのだ。うまくて当然。――というのは、少しのり過ぎか。

「じゃ、もう一度行ってみよう。――少し早口で。サユリ君、もっと強い調子でやってみてくれ」

「はい」

「よし。じゃ、行くよ」

音田がそう言った時、

「諸君、ガレス大統領だ」

という声が、スタジオに響いた。

警護の人間に囲まれるようにして、ガレスがスタジオへ入って来る。ライトが、ガレスにも当てられた。

ガレスは、スターよろしく、にこやかに手を上げて見せる。

ゾロゾロとついて歩いていたTVの報道陣が一斉にカメラを回し始めた。

「ちょうど今、TVドラマの収録中で」

と、案内役の社長が説明する。

もちろん、通訳が、それをガレスに訳して聞かせるのである。

「ビデオなので、すぐその場で、撮った場面を見て、出来がいいかどうか、確かめます。──音田君、本番かね？」

「これからです。本当はテストですが……」

「いいから、撮ってくれ。プレイバックを見せてさしあげたい」

「分りました。──じゃ、みんな、本番だ」

役者たちが所定の位置に戻る。

私も、少し緊張したりして。――呑気《のんき》な話だが。

ガレスは、セットのすぐ前に来て、腕組みしながら、眺めていた。軍服姿で。それは当然、サユリに、あの村が皆殺しにあった日のことを思い出させただろう。

サユリの顔は、少し青ざめて見えた。

「よし、行くぞ!」

音田が声を高くした。

報道陣がゾロゾロとスタジオの中を移動し始めた。セットと、それを眺めているガレスを一つの画面に入れたいのだろう。

「静かにしてくれよ」

と、音田が顔をしかめた。

「はい! 静かにして下さい!」

と、助手が、あわてて怒鳴って、やっとカメラマンたちの移動は止った。

「よし。――いいな?」

音田が一つ息をついて、口を開きかけた時だった。

「ちょっと!」

と、声が響いた。「ちょっと待ちな!」

「何だ？」

と、音田が目を丸くした。

あの小道具の老人だった。――のこのことセットの方へやって来る。

「おい、じいさん、何だよ急に？」

と、音田が言った。

「その鉢だ」

と、私のいるソファのわきの植木鉢を指して、「そいつは違うよ」

「違う？」

「ああ。わしが置いたのと違ってる」

「そんなこと、いいじゃないか」

「いや、季節が合わないんだ。そっちの花と、全然別の季節の鉢だ。こんなのを見逃しちゃおけねえ」

「あのね、今は大切な――」

「今、取りかえる」

と、老人がセットへ上って来た。

これぐらいになると怖いものなしだ。音田は、ため息をついて、首を振った。

私は、老人へ、

「これ、他のと間違えたの？」

と訊いた。

「いや、わしは間違えねえ」

と、老人は言った。「大体、これはうちの小道具じゃねえよ」

「本当に？」

私はハッとした。――二本木を見る。

二本木が、青くなって、スタジオを出ようとしていた。

「パコ！」

とサユリが叫んだ。

カメラマンたちの中に紛れ込んでいたパコが、重いスパナを手に、ガレスへ向って、飛び出した。

一瞬の出来事だった。私は、その植木鉢をかかえ上げると、力一杯、スタジオの隅へ向って、投げた。

パコが、床を這うコードにつまずいて、転んだ。――幸運だった！

「伏せて！」

と、私は叫びつつ、サユリを押し倒した。

次の瞬間、轟音《ごうおん》と衝撃が、スタジオをゆるがした。セットのベニヤ板の壁が爆発で裂け、吹っ飛んだ。

黒煙が渦巻き、炎が上った。

「逃げるのよ！」

私は叫んだ。「早くスタジオを出て！」

セットから飛び下りると、起き上ったパコへと駆け寄り、

「良かった！　やらなくて良かったのよ！」

と、言った。

「でも――」

「あの男は、ガレスじゃないのよ」

と、私は言った。「早く、ここを出て！　感電すると危いわ」

ほとんど手探りで、私たちは、スタジオから這い出したのだった。

廊下は、逃げ出した人たちで一杯だった。

ガレスは、床にペタンと座り込んでいる。

「おけがは？」

と、真っ青になった社長が駆け寄ると、ガレスは、

「俺《おれ》は何ともねえよ」

と、日本語で答えた！

誰もが唖然とする中、そのガレスは、

「もういやだ！」

と、立ち上って、「死んじまっちゃ、いくら金をもらっても合わねえ！」

と叫んだのである。

「じゃ……ガレスは本国に？」

と、パコが、訊き返して来た。

「そう」

私は肯いて、「あの替え玉を送ってよこしたのよ。日本人で、しばらく向うにいた男らしいわ。よく似てるんで、ガレスの部下が、雇っておいたんでしょう」

「驚いた……」

パコは息をついた。

「でも、何のために？」

と、サユリが訊いた。

ここはＴＶ局の一室である。――別の部屋では、あの「偽ガレス」が、記者たちに真相をぶちまけ、水島と神原が、あのビデオテープを見せているはずだ。

「ガレスは、あの虐殺の現場を見た五人を殺そうとした。しかし、一人ずつ、しかもはっきり殺人と分る方法では難しい」

と、ホームズ氏が言った。「日本の警察の捜査で足がついては、やぶへびだ。しかも、サユリ君を殺すのに二度も失敗し、別人を殺してしまった。そこで方針を変えたのだ」

「五人がＴＶ関係者なので、みんなを集めて一度に殺そうってわけ」

と、私は言った。「で、たぶん、この局の重役や、あなた方のプロダクションの社長に話をつけて、あなたがスタジオにいるようにした。その一方で、二本木と大崎は買収してあったのよ。でも、どうせ殺すつもりではいたでしょうけど。実際、大崎は殺されてしまったわ」

「自業自得ですな」

と、ダルタニアンが言った。

「同感だね」

と、ホームズ氏は肯いて、「ガレスは、そこで替え玉を送って、そいつが暗殺され、その巻き添えで、君らが死ぬようにと計画したのさ」

「じゃ、二本木さんが……」

「あの男が、植木鉢を取りかえたんだな。しかし、まさか、爆弾の入った鉢が、季節違いとは気が付かなかった」

「でも、替え玉まで殺したりして、ガレスに何の得があるんでしょう?」

と、サユリが訊いた。

「色々ある」

と、ホームズ氏が答える。「まず、君らを疑われずに殺すことができる。それに、一旦《いったん》、ガレスが死んだというニュースが流れれば、国内の、不満分子が行動を起すだろう。それを見れば、誰が自分に反抗しようとしているかが分る」

「それを見て、また殺してしまおうというわけですね」

「それから、日本の警備の甘さを非難して、日本に貸しを作ることができる。もちろん、替え玉を送ったことには、何か理由をこじつけるだろうね。急病で、双子《ふたご》の兄弟を代りにやったとか。——ともかく日本側の手落ちで、ガレス自身が死ぬところだったのだ、と主張して、日本側との交渉を有利に進められただろう」

「汚ない奴だ！」

と、パコが声を震わせた。

「でも、パコ……」

と、サユリが言った。「あなた、しくじって良かったのよ」

「本当だ。――目の前にあいつを見ると、つい、我慢できなくてね」

「気持はよく分るわ」

サユリはパコの肩に手をかけた。「――でも、どうしてガレスが偽者だと分ったんですか？」

「それはこうなの。ガレスがなぜわざわざこの局を見に来るのか、偶然かどうかを確かめるために、ロビン・フッドに頼んで、成田で、帽子を射抜いてもらったわけ」

「その時のビデオをくり返し見るとね」

と、ホームズ氏は笑って、「ガレスが何かしゃべっている。口の動きから見て、どう考えても、『助けてくれ！』だったんだよ。日本人だな、とその時に分った」

「で、ルパン氏の手も借りて、私とホームズ氏と三人で、ガレスの泊ったホテルへ忍び込んだの。例の替え玉は、スイートルームで、お茶漬を食べてたわ。私たちが、あなたも殺されることになっていると話すと、半信半疑の様子だった。ともかく、この

TV局で、実際そういう目に遭えば、私たちの話が正しいと分るでしょ」

朝、ホームズ氏と一緒に、SPたちの目の前でガレスの部屋を出た時、送りに出て来たのは、もちろんルパン氏である。あれは正に大胆な脱出だった。

「替え玉ってことは確かめられたけれど、やはり、大崎の他に誰が買収されているのか、その時点では分らなかった。だから、ちょっと冒険してみたわけだよ」

「二本木さんは……」

「もう捕まってる」

と、ホームズ氏が肯いた。「もう心配ないよ。――大ニュースになる。ガレスの地位は危うくなるだろう。日本政府も、すっかり馬鹿《ばか》にされたわけだからな」

「良かったわね、パコ！」

「うん」

パコの顔は、しかし、浮かなかった。

「どうしたの？」

「僕は――やっぱり国へ帰る。ガレスは、たとえ一旦退いても、それで諦《あきら》めやしないよ。僕はまだ戦わなきゃならない」

サユリは、少し考えてから、

「私も一緒に行くわ」

と、言った。

「それはだめだよ」

「どうして？　どうせ、私があのドラマに出してもらえたのは、今日殺されるためだったのよ。これで、準主役もパーだわ。私、この世界に未練はない」

「嬉しいよ、君の気持は。でも、僕は向うへ入国するだけでも大変だ。しかも地下へ潜って運動しなきゃならない。そんな所へ君を連れて行けないよ」

「じゃあ……。いつか、呼んでくれる？」

「必ず。——あの国が平和で、いい国になったら、必ず呼ぶ。来てくれるかい？」

「すぐ飛んで行くわ！」

サユリは、パコの手を固く握った。

「——まあ、一組恋人が成立したのは、結構なことですな」

と、ダルタニアンが言った。

——サユリとパコを残して、私たちが廊下へ出ると、

「ちょっと！」

と、甲高い女の声がした。「二本木の奴はどこ！」

「あら」

村木京子である。

しかし、髪はボサボサ、服は埃《ほこり》だらけで、ひどい様子をしていた。

「どうしたんですか？」

と、私は訊いた。

「二本木の奴が、私を呼び出しといて、物置へ閉じこめたのよ！　どこにいるの？　ただじゃ済まさないから！　やっと天窓から這い出したのよ」

すると、何が起ったのかも、知らないわけだ。

なるほど、と思った。二本木としては、あの爆弾で、村木京子にまで死なれては困る。そこで彼女のために、物置へ閉じこめたのだろう。二本木のおかげで命拾いした、と言ってもいいわけだが……。

すると、そこへ、あの偽ガレスとビデオテープの取材をした記者たちが、大急ぎで廊下をやって来た。

「ちょうど良かったわ！」

と村木京子は、記者たちへ手を振って、「ねえ！　私、物置へ閉じこめられたの！　ひどい目に遭ったのよ！」

と、叫んだ。

しかし、向うはそれどころではない。構わず、どんどん行ってしまう。

村木京子は、一人の記者を捕まえると、

「ねえ！　私の話、聞かないの？」

「忙しいんだよ！　あんたのことなんかどうでもいいんだ！」

と言い捨てて、記者は行ってしまった。

「ちょっと！――どうでもいいですって！　よくも……よくも……」

村木京子は怒りで声が出ない様子だった。

私たちも、早々にその場を逃げ出すことにしたのである……。

TV局の玄関を出ようとすると、

「ねえ君！」

と、大声を出して、音田が追いかけて来た。「良かった！　もういないのかと思ったよ！」

「何かご用？」

と、私は訊いた。

「いや——さっきの演技に感心してね。素人とは思えない。それにマスクもいいし。どうだろう? タレントにならない?」

「サユリさんはどうなるんですか?」

「サユリ君? うん、今、社長とも話してね、今度のことですっかり話題になったし、新しい企画で主演のドラマをやろうってことになったんだ。君もぜひ出てくれないか」

「残念ですけど」

と、私は首を振った。「興味ないの」

「しかしね、役者ってのは面白いよ。色んな人生や、人間を経験できるんだ。こんなこと、他《ほか》じゃ不可能なことだよ」

私は、ホームズ氏とダルタニアンを見て、

「私はね、もっと不可能なことを毎日、体験してますの」

と言った。「——では失礼」

外へ出ると、

「さて、第九号棟へ帰るか」

と、ホームズ氏が伸びをした。

「いいですな。私も少々眠いです」
ダルタニアンが欠伸《あくび》をする。
——すばらしい仲間たち。
私はホームズ氏とダルタニアンに両方の手を取られて、歩き出した。
これこそ両手に花！　こんな楽しい生活、誰がやめられるもんか！
——もう、空は暮れかけて、波乱の一日に幕が下りようとしていた。

この作品は1989年10月徳間文庫として刊行されたものの新装版です。なお、本作品はフィクションであり実在の個人・団体などとは一切関係がありません。

徳間文庫

第九号棟の仲間たち 3

さびしい独裁者《どくさいしゃ》

〈新装版〉

2017年1月15日 初刷

著者 赤《あか》川《がわ》次《じ》郎《ろう》

発行者 平野健一

東京都港区芝大門二―二―二〒105―8055

発行所 株式会社徳間書店

電話 編集〇三(五四〇三)四三四九
販売〇四八(四五一)五九六〇

振替 〇〇一四〇―〇―四四三九二

印刷 図書印刷株式会社

製本 東京美術紙工協業組合

ISBN978-4-19-894182-6 (乱丁、落丁本はお取りかえいたします)

徳間文庫の好評既刊

赤川次郎

夫は泥棒、妻は刑事5

本日は泥棒日和

可愛いらしくて甘えん坊の妻、真弓。そこが夫の淳一にとってはうれしくもあるが厄介でもある。ある晩二人の家に高木浩子、十六歳が忍び込んだ。なんと鍵開けが趣味とのこと。二日後、今野家の近くで銃声が聞こえ、駆けつけると、そこには浩子が！

赤川次郎

夫は泥棒、妻は刑事6

泥棒は片道切符で

コンビニ強盗の現場に遭遇した真弓は、危うく射殺されそうになるが、九死に一生を得る。休暇を取るよう言われ、淳一と一緒に静養のため海辺のホテルへ。ところが、ホテルに「三日以内に一億円」と脅迫状が届き、休む暇なく事件に巻き込まれていく……。

徳間文庫の好評既刊

赤川次郎

夫は泥棒、妻は刑事⑨

泥棒は三文の得

　レストランの調理場で男性が殺された。コック見習いが、シェフの大倉果林と何者かが言い争っていたと証言。真弓は果林を連行するが、証拠不十分で釈放。そして新たな殺人事件が発生。現場には果林が!!　調理場の事件とは一転、容疑を認める。彼女に何が？

赤川次郎

夫は泥棒、妻は刑事⑩

会うは盗みの始めなり

　真弓の友人野田茂子が夫の素行調査を依頼してきた。道田刑事を尾行させてみたところ、妻に内緒で夫賢一はホストクラブＱに勤務していた！　そこへＱにて殺人事件発生。被害者は、野田夫妻と同じ団地住まいで、その妻は賢一目当てにＱへ通いつめていた！